val
Bon!

Bienvenue à Murderland

Frédérique Molay

Bienvenue
à Murderland

r 41 fp

ROMAN

Albin Michel

« Les amis de la vérité sont ceux qui la cherchent et non ceux qui se vantent de l'avoir trouvée. »

CONDORCET
Discours sur les conventions nationales,
avril 1791.

Prologue

Serait-ce le désir qui monte? Bonnie a fini par oublier la sensation. Ces fourmillements dans le bas-ventre, ce poids au creux de son estomac, cette nervosité qu'elle tente de camoufler lui rappellent de vagues souvenirs. L'impression de redevenir une adolescente. La trouvera-t-il vraiment attirante? La robe qu'elle a choisie met-elle en valeur ses formes? Elle a attaché ses longs cheveux bruns et soyeux dans le dos, découvrant ses épaules. Elle a maquillé ses lèvres d'un rose qui scintille à la lumière, le khôl souligne son regard sombre et mystérieux. L'effet lui semble réussi…

Elle redescend dans la cuisine. Alan termine sa tasse de café debout et la dépose dans l'évier.

– À ce soir, chérie! Salut, les enfants! lance-t-il avant de claquer la porte.

Il n'a rien remarqué. Ne lui a pas adressé de regard gourmand. Elle servirait le petit-déjeuner nue, une plume dans les fesses, qu'il ne réagirait pas. Que reste-t-il de cette passion qu'ils ont partagée?

– T'es belle, maman ! ose Arthur.

Sa grande sœur approuve d'un signe de tête. À les voir tous les deux, la culpabilité l'envahit. Bonnie se mord les lèvres. Son cœur bat vite, trop vite. Ses mains sont moites. Et si elle lui téléphonait et feignait un empêchement de dernière minute ? Un enfant malade, une panne de voiture ou une réunion impossible à repousser ? Ce serait simple. Mais Alan ne l'a pas touchée depuis des mois, et il ne prend même plus la peine de l'embrasser. Qu'il aille au diable !

Tandis qu'elle allume le moteur de sa voiture, les enfants grimpent à l'arrière. Elle entend le clic de leurs ceintures et peut démarrer. Chaque mètre parcouru la rapproche de son rendez-vous. Et de cet homme. De ses regards comme autant de caresses brûlantes. De ses sourires qui l'ensorcellent. Il est si beau, si raffiné. Combien de temps pourra-t-elle encore lui résister ?

Elle longe Louisburg Square et trouve une place où se garer. Le baiser mouillé d'Arthur la sort de sa rêverie. Dana agite la main dans sa direction. Puis ils se volatilisent derrière l'enceinte de l'école. Bonnie soupire, le cœur lourd : ses bébés grandissent trop vite. Encore quelques années et ils entreront à l'université, ils s'éloigneront d'elle. Elle deviendra une vieille femme. Une épouse délaissée et aigrie. Pas question d'accepter la fatalité ! Au moins, l'homme qu'elle va retrouver lui donne le sentiment d'exister.

Ils sont convenus de se rejoindre au Four Seasons. Elle

pénètre dans le très huppé établissement, situé à Beacon Hill, le quartier le plus chic de la ville. Un employé la conduit vers le Bristol, le salon de thé de l'hôtel, et sa table la mieux placée, près de la fenêtre avec vue sur le jardin public.

Il est là, il se lève. Un mètre quatre-vingt-cinq, le corps athlétique, les cheveux blonds, il dégage un charme fou. Il est élégant, sa chemise turquoise lui va à ravir, ainsi que son pantalon en flanelle beige. Elle est subjuguée.

– Vous m'avez manqué.

Le timbre de sa voix est plaisant, un mélange de virilité et de flegme.

– Nous nous sommes vus il y a deux jours ! réplique-t-elle en rougissant.

– Une éternité…

– Café, thé, chocolat ? demande une serveuse tirée à quatre épingles.

– Thé, répond Bonnie. Au citron.

– Un café pour moi. Noir et sans sucre. Apportez-nous des pâtisseries et des pancakes.

– Très bien, monsieur.

Le décor est luxueux et confortable, agrémenté de magnifiques bouquets de fleurs. L'ambiance feutrée.

– Vous devez me juger bien pressant, mais j'avoue que vous m'avez… fasciné dès la première seconde où je vous ai vue.

Bonnie laisse échapper un rire timide.

– Je ne suis pas libre, vous le savez.

– Pourtant vous êtes là, près de moi. Ne me dites pas que vous n'éprouvez rien.

Elle est troublée par sa franchise.

– Vous me plaisez, Bonnie. Je ne pense qu'à vous, murmure-t-il en la dévorant des yeux.

La serveuse apporte le petit-déjeuner. Les gâteaux sont saupoudrés de sucre, les pancakes nappés de sirop d'érable. Le thé fumant diffuse une odeur citronnée.

– Je veux être avec vous, Bonnie. Avec vous seule.

– Alors partons maintenant.

La phrase est sortie toute seule. Elle n'a même pas réfléchi. Elle a trop envie de lui, de savourer encore ce regard qui la déshabille, d'être désirée par un homme. Quelques secondes, il doute de sa victoire. La surprise se lit sur son visage. Quand soudain, d'un mouvement brusque, il règle l'addition puis attrape Bonnie par la main. Elle frissonne à son contact. Ils quittent l'hôtel à la hâte et s'engouffrent dans une Mercedes gris métallisé. Ils contournent Back Bay Fens, un ancien marais nauséabond devenu un jardin, encore dangereux à la nuit tombée.

– J'habite à deux pâtés de maisons du Coolidge Corner Theater.

C'est une rue tranquille aux demeures familiales. Il l'invite à entrer. Le cœur de Bonnie bat à tout rompre… Dans un instant, elle se blottira dans les bras

12

d'un autre, se donnera à lui. Il pose une main sur son épaule. Bonnie sursaute. Elle tourne son visage vers lui. Lentement, comme au ralenti. Puis elle croise son regard. Un regard différent, froid comme une lame de couteau.

1

Nat aime les routes. Ou plutôt l'idée qu'il s'en fait, le symbole qu'elles incarnent. Les kilomètres au compteur qui défilent, les paysages qu'il traverse. La légende de la Terre promise, l'esprit de conquête, ou bien une fascination pour la fuite en avant.

Les deux mains posées sur le volant de sa vieille Cadillac, quelque part entre Chicago et Los Angeles, il roule sur la 66, le rêve américain personnifié, entre les champs de maïs et les motels éclairés au néon. Il est libre, il oublie son divorce. Un an. Le malaise est toujours là qui l'empoisonne. Être père une semaine sur deux le ronge de l'intérieur.

— Bon sang, Nat ! concentre-toi sur la route, marmonne-t-il en colère contre lui-même.

Il quitte les grandes plaines et la poussière, croise quelques mobile homes, des stations-service et des fast-foods aux devantures flamboyantes. Il ressent le besoin d'une compagnie et gare sa Cadillac sur l'asphalte. Il choisit un pub au hasard. Une musique country un peu ringarde couvre les discussions. Il se colle au bar et se hisse sur un tabouret.

– Qu'est-ce que je te sers ? demande une serveuse sexy en se penchant vers lui pour qu'il entende.

Nat consulte le menu : hamburger géant, bière ou Coca, rien d'autre.

– Je prendrai la formule, répond-il.

Un peu plus tard, elle dépose l'assiette garnie et le soda devant lui.

– Y a pas mal d'habitués et toujours quelques gars comme toi, qui ne font que passer. Qu'est-ce qui t'amène ?

– Envie de voir du monde. Je roule depuis un moment.

– Un type qui roule sans raison, c'est qu'il veut oublier une femme. Allez… l'amour ça va, ça vient ! ponctue-t-elle d'un clin d'œil.

Il hausse les sourcils, impressionné par son intuition. Il ne se doutait pas que ça puisse se lire sur son front. La serveuse s'éloigne. Il mord son hamburger à pleines dents, le ketchup dégouline. Il compte sur le Coca pour seconder son estomac et accélérer la digestion. Un air d'harmonica entraîne les clients à taper dans leurs mains. La voix nasillarde d'une chanteuse hurle dans les haut-parleurs. Des couples se lèvent pour danser. Il balance quelques pièces sur le zinc et évacue les lieux sans un regard en arrière. *Il est temps de rentrer chez lui. Au loin, il distingue les premiers gratte-ciel. Encore une trentaine de kilomètres et il sera devant la grille du charmant cottage qu'il a acheté six mois plus tôt. Tant mieux car la fatigue s'installe et il est pressé de ranger sa Cadillac. C'est un vieux modèle, celui que possédait son grand-père. Et il adorait son grand-père.*

Brusquement, une forme jaillit devant lui. Il appuie de toutes ses forces sur le frein. Ses mains se crispent sur le volant. Impossible de l'éviter. La voiture percute le corps. Une femme. Ses longs cheveux flottent dans les airs tandis qu'elle est éjectée au-dessus du capot et se fracasse sur son pare-brise. Après une embardée, l'aile droite cogne la barre de sécurité. Le crissement de la tôle lui éclate les tympans. La fille glisse et retombe sur le sol. La berline émet un soubresaut. Mon dieu... sa roue arrière a roulé sur le corps, c'est certain. Ses doigts sont blancs de trop serrer le volant. Son pied écrase durement la pédale. La Cadillac s'immobilise. Il manque d'air. La panique survient, terrifiante. Il tremble de tous ses membres, cherche sa respiration.

– Monsieur ? Monsieur ?

Un type est planté devant sa vitre et ouvre la portière.

– Ça va ? reprend l'inconnu. Vous n'avez rien ?

– Je ne crois pas, bredouille-t-il.

– J'ai tout vu ! s'écrie une dame. Elle s'est jetée sous votre voiture. C'était un accident.

Nat est envahi d'un étrange sentiment : il est rassuré. Il y a des témoins. Ils savent, il n'a rien à se reprocher.

— La fille ? s'angoisse-t-il tout haut.

L'inconnu adopte un air compatissant. Nat s'extirpe de la Cadillac, les jambes en coton. Il scrute la chaussée. Le corps est inerte, désarticulé. Il avance, titube, parcourt les quelques mètres qui le séparent de la victime.

— Nous avons appelé les secours, déclare un troisième automobiliste.

Nat réalise que sa voiture, en travers de la route, barre le passage. Les témoins ont abandonné leurs véhicules et décidé d'attendre avec lui. Il reporte son attention sur le corps. C'est une femme, il avait raison. Elle est vêtue d'une robe légère et ses pieds sont nus. Elle est plutôt jolie, la quarantaine. Elle porte une alliance. Il se redresse et observe les lieux. D'où a-t-elle surgi ?

— Elle a sauté par-dessus la glissière de sécurité, explique la dame qui a suivi son regard.

— C'est insensé…, grogne-t-il, décontenancé.

Pourquoi aurait-elle fait une chose pareille ? Et pourquoi est-elle pieds nus ?

Une sirène le tire de sa réflexion. Des motards encadrent deux Chevrolet Camaro ainsi qu'une ambulance. Les puissantes Harley-Davidson parviennent à hauteur de l'attroupement. Quatre hommes en uniforme descendent de leurs automobiles. Un médecin s'agenouille près de la victime, cherche son pouls, l'ausculte rapidement.

– *Elle est décédée, lâche-t-il d'une voix neutre.*

– *C'est moi qui l'ai renversée, avoue Nat, la gorge nouée.*

– *Ce n'est pas de sa faute !*

– *Elle a enjambé la barrière de sécurité et sauté sur la route, juste devant sa voiture, précise un témoin.*

– *Il n'a rien pu faire, souligne un autre type. Ça aurait pu arriver à n'importe qui.*

– *Très bien ! tonne l'un des policiers. Nous allons relever vos identités. Vous devrez vous rendre au poste demain matin pour faire vos dépositions.*

Tous s'exécutent.

– *Quel est votre nom, monsieur ? demande aimablement un jeune flic.*

– *Nat.*

– *Où résidez-vous ?*

– *Cottage Lena. Cette femme a jailli devant moi. Je n'ai rien pu faire pour l'éviter. C'est horrible…*

– *Vous allez devoir nous suivre, Nat.*

– *Où cela ?*

– *Au commissariat. Votre voiture a l'air mal en point, elle va être remorquée au garage municipal. Montez dans la mienne.*

Nat hoche la tête.

– *Installez-vous à l'arrière. Le médecin va d'abord vous examiner et s'assurer que vous allez bien.*

L'urgentiste lui palpe la nuque, le crâne, considère le fond de ses yeux, relève son rythme cardiaque. Il s'en est sorti indemne, un miracle. La fille n'a pas eu cette chance.

– Que faites-vous de la victime? s'affole Nat.

– Elle est déjà dans l'ambulance. La circulation va être rétablie.

La Chevrolet démarre. Le jeune policier a pris place à côté de Nat. Sur sa tenue, un écusson mentionne son nom : Tommy. Il a environ trente-cinq ans, un regard franc qui inspire confiance.

– Un sacré choc, n'est-ce pas?

– C'est vrai. Je ne comprends pas...

– Un accident, ça arrive.

– Vous croyez? Elle était seule au milieu de nulle part! Pieds nus!

– Et que voulez-vous que ce soit d'autre? interroge le policier, intrigué.

– Je n'en sais rien! C'est vous le flic.

– Calmez-vous. Vous n'avez rien à craindre, les témoignages sont unanimes.

– Mais que faisait-elle là? poursuit Nat.

– Un accident, articule le dénommé Tommy. Cessez de vous tourmenter.

À l'entrée de la ville, un panneau indique: «Respectons-nous et la vie sera radieuse!» La Chevrolet emprunte de larges avenues bordées d'arbres. Les rues sont propres et calmes. Ils se garent devant un superbe bâtiment ultramoderne. Tommy invite Nat à le suivre et le conduit dans le bureau du commissaire principal. Ce notable à la réputation sans faille l'accueille poliment. Il affiche la soixantaine et une tignasse poivre et sel. Ils s'assoient tandis que Tommy résume les faits. Son supérieur l'écoute attentivement, visiblement consterné. Nat sent un décalage entre eux et lui. Il n'a pas l'impression d'avoir assisté à la même scène. Cette femme est morte dans des conditions douteuses, il en a l'intime conviction.

– Et s'il s'agissait d'un suicide ? ose Nat.

– Un suicide ? s'étrangle le commissaire. Voyons, pas ici !

– Et pourquoi pas ? insiste Nat.

– Vivre dans cette ville est un don du ciel, de nombreux citoyens nous envient. C'est tout simplement impossible ! Le choc psychologique vous a perturbé, décrète le policier. Consultez un médecin au plus vite.

Nat n'a rien à ajouter. L'affaire est close. Le commissaire se lève, lui tend une main molle. L'agent Tommy l'entraîne un étage plus bas pour taper son rapport. Nat signe sa déclaration puis le policier le raccompagne à l'extérieur.

– Souhaitez-vous que nous vous déposions quelque part ?

– Non, merci. Je vais me débrouiller.

Nat s'évanouit au coin de la rue. Il hèle un taxi. Direction : Cottage Lena, chez lui. La nature est magnifique, apaisante. Comme si rien n'avait eu lieu. Comme s'il se réveillait d'un mauvais cauchemar. Enfin, il arrive à la propriété. Au passage, il vide sa boîte aux lettres, puis s'enferme avec soulagement. Dieu qu'il a eu raison d'acheter la villa! Ces dernières semaines, il a reçu des propositions de reprise à hauteur de quatre fois l'investissement! Les gens sont fous... Pas question qu'il cède sa maison et le bout de terrain. Il a prévu d'y faire construire une piscine. Et pourquoi pas une grange avec une immense verrière, vue sur la campagne et à l'horizon les gratte-ciel de la ville?

Il ouvre d'abord le journal local auquel il est abonné et qui titre déjà sur l'accident: «Jerry est décédée. Toutes nos condoléances à ses amis.» Jerry. Aucune allusion n'est faite à son mari, pourtant elle portait une alliance, il pourrait en jurer. Nat décachette ensuite l'enveloppe et déplie la lettre. Les mots dansent devant ses yeux, le narguent et le remplissent d'effroi:

«Tu l'as tuée. Tu as tué Bonnie.»

2

– Service de secours, j'écoute.

Dans le même temps, elle fixe son écran d'ordinateur pour repérer d'où vient l'appel.

– Faites vite ! Une femme est morte !

L'homme est angoissé, sa voix tremble. Il est rapidement localisé grâce aux cartes numériques.

– Qui êtes-vous, monsieur ? demande-t-elle pour vérification.

– Robert Plank, j'habite Battery Street.

Il dit vrai. Elle s'assure qu'il n'est pas connu des services de police : son casier est vierge.

– Expliquez-moi ce qui se passe, monsieur Plank.

– Une femme est morte dans ma rue, elle a été battue.

– Je vous envoie la police, ne bougez pas.

Elle actionne la radio et relaie le message aux patrouilles en faction. «Appel à toutes les voitures, on signale une femme décédée sur la voie publique, à Battery Street. Les circonstances de la mort sont suspectes. » Deux agents du district se portent volontaires. Elle dépêche aussi une ambulance ; la victime pourrait être vivante, quoi qu'en dise ce M. Plank. Elle le garde en ligne jusqu'à l'arrivée des secours, c'est la procédure. Elle le rassure, le fait parler.

– Ils sont là ! s'excite soudain son interlocuteur.

La standardiste entend les sirènes dans le téléphone.

– Présentez-vous à la police, ordonne-t-elle calmement. Ils vont avoir besoin de vous.

Le témoin obéit sans discuter. Elle raccroche. Elle n'a pas le temps de souffler, elle doit prendre une autre communication. Elle est interpellée par une vieille dame. Battery Street est déjà loin pour l'opératrice du 911.

Un officier de police descend de sa Ford Crown Victoria. Son collègue barre la rue avec sa propre voiture et reste à l'écart. L'ambulance débarque la seconde suivante.

Un homme surgit d'un immeuble et court vers l'officier. Il est agité. Au fond de la ruelle, un couple patiente, le dos courbé de ceux qui sont affligés par une atroce nouvelle.

– Je suis Robert Plank, c'est moi qui ai prévenu les secours !

– Où est la femme ?

– Là-bas, dit-il en désignant le couple. Ils l'ont surveillée pendant que je téléphonais. On a pensé qu'il valait mieux.

– Vous avez eu un excellent réflexe, le félicite l'agent de police.

24

Il se dirige vers l'endroit indiqué. Les deux personnes s'écartent, le visage blême. La victime est étendue sur le bitume, allongée sur le flanc droit. Sa robe est déchirée et crasseuse. Ses pieds sont nus. Son corps est sale. L'officier repère une alliance à sa main gauche. Il s'accroupit. La fille a les yeux ouverts, vides d'expression. Elle ne respire plus. Il se redresse et fait signe à son collègue.

– Tu peux dire à l'ambulance de s'en aller! Je vais requérir Marini, c'est de son ressort. Et tenter d'établir l'identité de la victime.

L'officier entre la description dans l'ordinateur de son véhicule de patrouille : brune, cheveux mi-longs, quarante ans, soixante kilos, un mètre soixante-dix à l'œil nu, mariée. Les fichiers fédéraux, ceux de l'État et de la police de Boston défilent ; une mine d'or.

Le détective Marini rapplique cinq minutes plus tard. Trente-trois ans, d'origine italienne, le verbe haut et le physique d'un jeune premier.

– Qu'est-ce que t'as au menu ? questionne le nouveau venu, moqueur.

– La fille est sacrément amochée. C'est pas beau à voir.

– T'as quelque chose à l'écran ?

– Pas encore.

– Avertis le service médico-légal. Ils vont avoir du pain sur la planche à la morgue ce soir !

– C'est comme si c'était fait.

– J't'adore ! Mais j'aime encore plus ta femme.

– Ben voyons…, bougonne l'officier de police.

Marini s'approche du corps. Sa mâchoire se crispe malgré lui. Le cadavre sent mauvais, il est couvert de contusions. L'un des tibias a explosé. Le crâne est enfoncé.

– Détective ! vocifère l'agent dans son dos. Venez, je tiens peut-être une piste !

Marini rebrousse chemin. Un visage de femme occupe l'écran.

– Merde ! peste le policier.

L'ordinateur a craché quelques bribes d'informations : Bonnie Thomson, trente-neuf ans, brune, yeux foncés, un mètre soixante-neuf, cinquante-huit kilos, disparue depuis trois semaines. Elle était vêtue d'une robe d'été dans les tons bleus. Mariée, deux enfants.

– Ça pourrait coller, confirme le détective. J'appelle les Homicides. Sécurise le périmètre et réclame des renforts.

L'officier hoche la tête tandis que Marini colle son téléphone portable à l'oreille. Il échange quelques mots puis raccroche.

– Les huiles vont débouler.

Des policiers les rejoignent et installent des barrières à l'intersection de New Atlantic Avenue et Battery Street. Des sirènes hurlent au loin.

– Désolé, Bonnie, murmure le détective.

La mort, il ne s'y fait pas. Il la trouve injuste. Il déteste le sentiment d'impuissance qu'il éprouve face à elle.

Soudain, des portes qui claquent, un mouvement derrière lui. Le lieutenant Daniel Rhys. Une légende pour

26

tous les enquêteurs qui rêvent de bosser à la Criminelle. Sa retraite est annoncée pour dans quelques mois, une carrière politique l'attend. D'après la rumeur, il est courtisé par le maire qui souhaite l'avoir à ses côtés. Marini ne doute pas que ce soit vrai.

– Bonsoir, lieutenant Rhys, s'empresse Marini en lui tendant la main.

– Salut, Vince. Tu connais Donna, notre expert médico-légal.

Qui, parmi les flics de Boston et de tout le Massachusetts, ne connaît pas cette séduisante petite blonde aux courbes ravageuses ? Plus d'un collègue a tenté de mettre Donna Blumer dans son lit. Lui-même a bien essayé, mais elle a résisté avec brio. Pourtant, personne n'a jamais rencontré de M. Blumer.

Donna prend une série de clichés avec son appareil photo numérique. Puis elle se penche sur la victime en enfilant une paire de gants en latex.

– La raideur cadavérique a déjà disparu, le corps est flasque. Un voile blanc masque la couleur des yeux. Les lividités s'estompent. À brûle-pourpoint, je dirais que la mort remonte à quarante-huit heures environ.

– La fille aurait été abandonnée ici après sa mort ? demande Rhys.

– Je pense, oui. Les contusions indiquent un choc violent. Je t'en dirai plus après l'autopsie. Par ailleurs, le corps a subi une dégradation générale.

– Mme Thomson était portée disparue depuis trois semaines, indique Marini.

– Ce qui explique son état. Elle est sale et dénutrie. Je ne vois rien d'autre dans l'immédiat. Je peux embarquer le corps ?

– Pas de problème, accepte le lieutenant.

Des employés de la morgue saisissent le cadavre. Donna Blumer les suit.

– Ce n'est donc pas la scène du crime, reprend Rhys. On ne récoltera rien, aucun indice. Les coupables n'ont peut-être même pas quitté leur véhicule, se contentant de balancer le corps par la portière. Il faut se concentrer sur les témoignages des riverains. Tu peux t'en charger ?

Marini lui adresse un regard reconnaissant.

– Tu veux intégrer les Homicides, pas vrai ? questionne le lieutenant. Alors à toi de jouer !

Marini jubile. C'est la chance de sa vie.

3

Bonnie ? Qui est Bonnie ? Il n'a tué personne, seulement Jerry. Avachi sur le canapé, une migraine insupportable lui vrille les tempes. Son crâne va exploser. Il a beau chercher une explication, il ne comprend pas. Qui aurait pu écrire ces mots ? La question tourne en boucle dans son esprit et le paralyse.

« Tu l'as tuée. Tu as tué Bonnie. »

Et s'il était en train de devenir fou ? Comment retrouver le chemin du réel ? Il ne doit pas se laisser intimider par la menace. Alors pourquoi cette angoisse au creux de son ventre ? Pourquoi cette lumière rouge qui clignote dans son cerveau et lui lance un signal d'alarme ?

Nathan appuie sur la télécommande et se branche sur Channel 5 TV – WCVB. C'est la météo. Le ciel s'assombrit au-dehors, la nuit tombe lentement sur Boston. Il se lève et se dirige vers le frigo. Une part de pizza de la veille discute avec une cuisse de poulet racornie. Une canette de bière sans alcool lui tend les bras. Nathan l'attrape et se répète : un personnage dans un jeu, rien qu'un jeu. Le message est une plaisanterie. Une erreur.

C'est l'heure des informations. Partout le monde s'écroule, ce n'est pas un scoop. Le logo des Red Sox de Boston apparaît. Un match doit prochainement opposer l'équipe aux Yankees de New York. Une vieille rivalité qui date de 1920 et du transfert de Babe Ruth, le meilleur joueur de la ligue. Les fendus de baseball sont attendus à Fenway Park.

– Maintenant, nous avons une bien triste nouvelle à vous annoncer, déclare le présentateur. Une jeune femme, portée disparue depuis trois semaines, a été découverte morte dans une rue de Boston en fin d'après-midi.

La photo de la victime s'affiche en gros plan.

– Selon des sources bien informées, Mme Bonnie Thomson, une mère de famille de trente-neuf ans, aurait vécu un véritable calvaire avant d'être abandonnée dans Battery Street. La police de Boston est à la recherche du ou des coupables…

Nathan ressent un électrochoc. Bonnie ? Jerry ? Tout se mélange. Jerry a surgi devant sa Cadillac, elle a escaladé la glissière de sécurité juste devant lui. Il n'a rien pu faire pour l'éviter. Il a freiné pourtant… mais trop tard. La police est arrivée, l'a innocenté. Une chose est certaine : il ne connaît pas cette Bonnie Thomson. D'ailleurs, il n'avait jamais rencontré Jerry non plus. Qui était cette jeune femme ? Il doit savoir.

Il attrape ses clefs et referme la porte derrière lui.

Nat marche sur un trottoir. Il fait nuit. La foule se presse dans la douceur du soir. Des vendeurs de rue tentent de refourguer leur camelote : statues africaines, fausses montres, DVD d'occasion ; rien de nouveau à l'ouest. Des spots lumineux propagent les messages du gouvernement : « Aimons-nous, protégeons notre ville. » Des phrases à deux balles. Agacé, Nat se dirige vers le commissariat central. Il grimpe les marches en acier et fond sur le bureau d'accueil. Il réclame l'agent Tommy dont il vient de se rappeler le nom. Heureux hasard, il est de permanence, lui dit un colosse à la peau bronzée, un accro au body-building qui décroche son téléphone.

– Tommy ? Un certain Nat te demande.

Le malabar hoche bêtement la tête.

– Troisième étage, lâche-t-il. Prenez l'ascenseur.

Quelques minutes plus tard, Nat est dans le bureau de Tommy. Le jeune flic lui lance un sourire aimable.

– Que puis-je pour vous, Nat ?

– J'ai tué Jerry. Vous pouvez le formuler comme vous voulez, évoquer un accident de la circulation, me répéter que je n'y suis pour rien, le fait est là. Je dois en savoir plus.

– En savoir plus sur quoi ?

– Sur elle.

– À quoi cela vous mènera-t-il ? À part faire grimper votre taux de culpabilité !

Le flic a adopté un ton de reproche.

— C'était un accident, Nat. Oubliez ça.

Oublier... elle est bien bonne celle-là! Que vaut la vie d'un individu? Manifestement pas grand-chose.

— Qui était Jerry? insiste Nat.

— Une vendeuse dans un magasin de vêtements sur Vegas Avenue.

— Vous avez prévenu son patron?

— Évidemment.

— Avait-il noté un changement de comportement chez cette fille?

— Je ne crois pas, non. Elle était à son travail le jour même de l'accident.

— Vous lui avez posé la question?

— Oui, figurez-vous! Mais je connaissais déjà la réponse.

— Que foutait-elle pieds nus sur cette route?

— Il n'y a rien à découvrir, Nat. Si vous poursuivez dans cette voie, vous allez au-devant de gros problèmes.

— Et son alliance? murmure Nat.

— Ça ne signifie rien. C'est juste une bague. Elle vivait seule dans un studio.

— Juste une bague?... C'est un lien sacré. Pour le meilleur et pour le pire.

Tommy le dévisage avec étonnement. Nat se ravise; il est allé trop loin. S'il continue, la police va finir par le soupçonner.

Le téléphone sonne. Le jeune flic décroche. Il échange

quelques mots avec son interlocuteur, puis se retourne vers Nat.

– Je dois vous laisser.

– Cette mort n'a pas l'air de perturber qui que ce soit, grommelle Nat.

– Vous m'inquiétez. Je veux vous revoir et m'assurer que tout va rentrer dans l'ordre.

– Vous avez mon adresse.

– Je viendrai vous rendre visite.

Tommy pose une main sur son épaule. Un geste amical. C'est le signal, Nat est congédié. Il quitte le bâtiment et s'éloigne du commissariat central. Il n'a toujours pas récupéré sa Cadillac, quelle poisse ! Et le garage municipal est bien entendu fermé à cette heure tardive. Il préfère capituler.

Nathan est épuisé, tendu comme un arc. Il ne lui reste que quelques heures pour dormir. Il regagne sa chambre et se glisse entre les draps froids. Il a laissé la fenêtre et les volets ouverts ; il déteste l'idée d'enfermement. Encore plus celle d'être seul dans son lit.

4

Vendredi

Marini a préféré sauter le petit-déjeuner. Il ne s'en vantera pas. Mieux vaut donner l'apparence d'un gars qui maîtrise toutes les situations, même les plus abjectes. Rhys l'a réveillé à l'aube pour lui proposer de l'accompagner à l'autopsie. Il s'est empressé d'accepter, excité de jouer dans la cour des grands. Depuis, il piaffe d'impatience. Son état d'énervement a fait fuir sa femme. Elle a claqué la porte en bougonnant un truc du genre : « Ton métier passera toujours avant moi ! » Le drame de tous les flics. Où qu'ils soient, leurs valises sont pleines d'affaires à résoudre, de cadavres qui les hantent.

Il est l'heure. Il quitte son appartement sans regret. Dehors, le printemps est lumineux. L'océan Atlantique rafraîchit le fond de l'air. C'est agréable. Vince Marini grimpe dans sa voiture et allume le moteur. Les rues de Boston sont paisibles ; il est encore tôt. Il aime l'ambiance de cette ville, les paysages enchanteurs de la Nouvelle-

Angleterre. Mark Twain soutenait que « Boston est un art de vivre » et il avait raison. Le célèbre écrivain affirmait qu'à New York on vous demande combien vous gagnez, et à Boston ce que vous savez ! Marini a choisi son camp et ne voudrait partir d'ici pour rien au monde.

Il roule sur les avenues bordées d'arbres, longe les parcs et les pelouses, contemple les maisons aux fenêtres en fer forgé et leurs réverbères à gaz. Se concentrer sur tout plutôt que d'imaginer le cadavre allongé dans une chambre froide. Ne pas penser à Bonnie Thomson comme à une jeune femme pleine d'ardeur, aux enfants qu'elle laisse. Mais la prendre pour ce qu'elle est désormais : un champ d'expertise, aussi inhumain que soit l'exercice.

Il arrive en avance et montre sa plaque aux deux vigiles qui contrôlent l'accès au service médico-légal et à la morgue.

– Le lieutenant est avec le Dr Blumer, annonce l'un des gardes. Vous pouvez les rejoindre.

Merde ! Il avait pourtant dit sept heures trente. Le vieux rusé est déjà à son poste ! Vince retient la leçon. Il traverse des couloirs, le long de bureaux vitrés. Il peine à apprécier l'endroit ; la morgue n'est qu'à quelques mètres. Comment travailler avec l'idée que des macchabées s'entassent un étage plus bas ? Qui peut jurer que les pauvres bougres ne se relèvent pas la nuit pour des parties privées ? Il est italien : sa mère croit en Dieu, au diable, aux revenants, aux sciences occultes. Ça marque un homme.

Il aborde enfin une secrétaire.

— Je suis le détective Marini, se présente-t-il avec une fausse assurance et son sourire le plus charmeur.

— Salle 105, rétorque-t-elle d'une voix neutre.

Il obtempère. Il frappe à la porte et entre. Donna Blumer est quasi méconnaissable dans son pyjama de bloc, un tablier noué autour des hanches, un calot sur le crâne, une paire de lunettes qui pend à son cou, et des surchaussures en plastique. Un assistant dirige un faisceau lumineux sur la trace qu'elle indique. Tous redressent la tête à l'approche du détective.

— Bonjour, Vince ! le salue Rhys. On t'attendait pour commencer !

— Merci. Vous regardiez quoi ?

— Des empreintes de pneus, réplique le Dr Blumer. À défaut d'avoir pu découvrir la moindre empreinte digitale. J'ai beau éclairer le corps avec des lasers, aucune n'est décelable sur la surface de la peau.

— Viens voir, commande le lieutenant.

— Les contusions linéaires rouges signalent le passage des roues sur le corps, expose le médecin légiste. Le dessin des pneus est net, on va pouvoir en déterminer la marque. Par ailleurs, je relève une fracture ouverte du fémur gauche. Des gravillons sont insérés dans la plaie. Je constate un écrasement thoracique avec de multiples fractures de côtes. Les lésions de dermabrasion diffuses me paraissent intéressantes.

— C'est quoi ça ? interroge Marini.

— Ce sont des brûlures dues au contact brutal et rapide avec le sol. La partie superficielle de la peau est arrachée. On peut en déduire que le corps a été jeté sur la voie publique depuis un véhicule. Aucune trace de coagulation : les blessures ont été infligées post mortem.

— On s'en doutait, commente Rhys. Bonnie Thomson a été enlevée, séquestrée, assassinée avant d'être abandonnée au hasard d'une rue. La pauvre fille a dû vivre un enfer de trois semaines !

Marini a un mouvement de recul.

— Vous êtes blanc comme un linge, ironise Blumer. Souhaitez-vous vous dégourdir les jambes dans le couloir ?

Vince plisse les yeux, décontenancé. Le lieutenant éclate de rire.

— Allons, petit ! Je ne réussis à avaler mes tartines avant une autopsie que depuis que j'ai passé la cinquantaine ! Qu'est-ce que tu crois ? On est tous les mêmes.

Marini lui renvoie un sourire piteux.

— Je peux continuer ? s'impatiente le Dr Blumer.

— Je t'en prie ! s'amuse le lieutenant Rhys.

— La palpation du cuir chevelu révèle la présence d'hématomes. J'observe une fracture des os du crâne. Il y a une plaie déchiquetée globalement circulaire, d'environ un centimètre et demi, au-dessus de l'oreille droite.

Des fibres sont emmêlées aux cheveux : je les ferai analyser. Nous allons effectuer des radiographies du crâne et du thorax pour décrire les fractures avec exactitude.

L'assistant pilote la machine et réalise les clichés.

— Les mêmes gravillons sont incrustés dans la plante des pieds de la victime, constate Blumer. Ainsi que des épines d'arbre. Il y a des échardes et de la terre sous les ongles. Une pellicule de crasse et de terre battue couvre le corps.

— Et cette tache verte ? ose Marini d'une voix blanche.

Donna Blumer le dévisage, les yeux pétillants de malice.

— Bienvenue parmi nous ! se moque-t-elle gentiment. Cette tache permet d'établir le moment du décès. Les germes pullulent à cet endroit de la digestion et pourrissent après la mort. Comme je l'avais soupçonné, Mme Thomson a été tuée environ quarante-huit heures avant la découverte de son corps.

Marini ravale le peu de salive qui lui reste.

— Je vais maintenant procéder à une incision verticale et médiane de la pointe du menton au pubis et pratiquer l'ablation du plastron costo-sternal, reprend le médecin légiste.

— On va s'épargner la dissection, interrompt le lieutenant.

— Comme vous voulez ! Vous aurez mes conclusions définitives dans la matinée.

— C'est parfait, Donna.

Rhys adresse un clin d'œil appuyé à Marini, puis il l'entraîne vers la sortie. Ils quittent le bâtiment et l'atmosphère aseptisée de la morgue. Le retour à la réalité est brutal. Vince a les jambes en coton.

– Allons à mon bureau, commande Daniel Rhys. J'ai réclamé le dossier sur sa disparition. Il contient des éléments que nous devons intégrer à l'enquête. Tu as une voiture ?

– Elle est garée à deux pas.

– Tu me conduis ?

Vince prend le chemin du quartier général de la police, 1 Schroeder Plaza, au coin de Ruggles et Tremont Street. Un immeuble moderne de quatre étages où il rêve de s'installer. Le bureau des Services d'investigation, dont fait partie l'unité des Homicides, symbolise la vraie police. Ému, il marche dans les pas du lieutenant. Il va travailler jour et nuit s'il le faut, mettre toute son énergie à coffrer le coupable. Et peu importe si sa femme se plaint, c'est qu'elle ne comprend rien à son sens du devoir.

Une fois assis, Rhys offre un soda à son jeune collègue. Vince lui répond par une moue dégoûtée.

– Ça fait passer les nausées ! lâche le lieutenant en ouvrant le rapport de police. Donc... les services ont fait paraître un avis de recherche sur les chaînes de télévision locales. Une serveuse qui bosse au salon de thé du Four Seasons les a contactés. Bonnie y a pris le petit-déjeuner le matin de sa disparition. Elle était avec un inconnu. Il a payé en espèces, pas de trace. Les clients présents ce matin-là ont été convoqués et un portrait-robot a pu être établi.

Rhys fait glisser une feuille sur son bureau.

— Âge quarante à quarante-cinq ans, taille un mètre quatre-vingts à quatre-vingt-cinq, mince, d'allure sportive, les cheveux blonds, élégant. Ce type est resté introuvable. Autre élément de l'enquête : elle était passionnée par les jeux vidéo.

— Des jeux vidéo ! s'exclame Marini. C'est quoi ce délire ?

— Il y a la liste des témoins et leurs dépositions. Est aussi indiqué le contenu de l'ordinateur de Mme Thomson. Il faudra reprendre ça à zéro. Qu'a donné l'enquête de voisinage d'hier soir ?

— Elle corrobore la thèse de Blumer, répond Vince Marini. Deux témoins ont vu un pick-up noir entrer dans Battery Street avant de faire demi-tour.

— Précise ! Je veux les détails.

— Une vieille dame revenait des courses quand elle a aperçu de loin le véhicule s'engouffrer dans la rue puis en ressortir dans la minute. Elle a discerné un homme au volant, une casquette sur la tête. Elle l'a d'autant plus remarqué qu'elle sait qu'aucun riverain ne possède ce modèle. Par ailleurs, une femme a distingué le pick-up depuis sa fenêtre du deuxième étage avant de retourner à ses tâches ménagères. Vingt minutes plus tard, ce type, Plank, nous appelait, soit dix minutes environ après avoir découvert le corps.

– Il faut montrer le portrait-robot à ces deux témoins, on ne sait jamais.

– Je m'en charge.

– Et tu n'as pas tort : les jeux vidéo, c'est curieux. On va creuser de ce côté. Peut-être qu'elle s'enquiquinait chez elle... et qu'elle se tapait des inconnus, qui sait ? La quarantaine, tu verras !

Vince sourit.

– Retourne à Battery Street pendant que je compulse le dossier. On se rejoint plus tard. Tu sais où est mon bureau maintenant. Oh ! pendant que j'y suis... Le chef de la police de Boston m'a cueilli ce matin au réveil. Inutile de te dire que cette affaire est prioritaire. Les journalistes sont à l'affût et les autorités paniquent. Les élections approchent ! En deux mots, Vince, nous avons une obligation de réussite. Je te fais confiance, mais sache que tu risques gros. Moi, il faut l'avouer, seulement de m'emmerder à la retraite ! Conclusion, faut mettre le paquet et ramener le salaud qui a tué Bonnie Thomson au maire de la ville. C'est un de mes amis, mais c'est la seule condition pour qu'il le reste !

5

Encore une nuit blanche. Nathan se regarde dans la glace. Il a le teint pâle, les yeux cernés. Une inquiétude sourde creuse ses traits, le rend fébrile. L'accident l'a ébranlé plus qu'il n'aurait cru. Ce corps projeté dans les airs ! Les roues de la Cadillac sur elle ! Ses mains sont moites. C'est ridicule.

Douché, habillé, le ventre vide, il grimpe dans sa voiture. Ce n'est pas la Cadillac de son enfance, à la tôle laminée depuis des lustres, à la mort de son grand-père. À l'époque, il n'avait pas l'âge de conduire et la vieille bagnole n'avait pu éviter la casse.

Nathan s'éloigne de son quartier, le plus vieux de Boston, situé en front de mer. Il longe la Charles River sur quelques kilomètres avant de traverser le fleuve en direction du campus. Harvard est l'université la plus riche et la plus célèbre de la planète. L'école de droit a une réputation exceptionnelle. Plus de deux cent cinquante classes et cent vingt-cinq professeurs. Lui-même y a été étudiant avant d'y enseigner : c'est un honneur.

Nathan passe enfin le seuil de la faculté. Sur la porte, l'inscription dit : « Entrez pour grandir en sagesse. » Recommandation mensongère. C'est sur les pelouses du campus qu'il a rencontré Ethel. Il a cru en l'amour, comme on y croit à vingt ans. Il s'est accroché tant qu'il a pu, jusqu'au jour où elle a fait ses valises. Elle lui a enlevé le seul bien auquel il tenait plus qu'à lui-même : son enfant. Certains disent qu'avec le temps, la douleur s'estompe. Que les pires blessures finissent toujours par se refermer. Que la vie continue. C'est faux, il le sait.

Nathan se dirige vers un petit bâtiment en bois de style victorien, à l'écart des édifices imposants de l'école de droit. À mesure qu'il gagne du terrain, les battements de son cœur redoublent. Il entre dans le Centre Berkman, spécialisé dans l'étude juridique du cyberespace. Il vient rencontrer Christopher Gahan, professeur et directeur de recherche. Il bosse sur un dossier brûlant dont les conclusions sont attendues par la communauté internationale : une étude du filtrage sur le Web, baptisée « OpenNet Initiative ».

Chris est un dingue d'informatique, incapable de prendre deux jours de vacances sans gadgets électroniques. Le type le plus doué qu'il ait rencontré. Honnête, solide comme un roc. Un ami comme il y en a peu. Mais représentations graphiques et concepts mathématiques le captivent davantage que les êtres humains. Gahan est un extraterrestre.

Comme à l'habitude, il est penché sur un terminal. Des courbes occupent l'écran. Une équipe d'assistants et d'étudiants en blouse blanche débattent autour de lui. Nathan se racle la gorge. Gahan lève les yeux et son regard se durcit.

— Laissez-nous, ordonne le professeur à son auditoire.

Tous partent sans demander leur reste.

— Ça fait plaisir de te voir, articule Gahan d'un ton tranchant. Je constate que tu es en vie.

— Je suis désolé, Chris... Je...

— Tu t'es enfin décidé à sortir de ta grotte ?

Embarrassé, Nathan ne sait quoi répondre.

— Tu as revu Ethel ? ose-t-il.

Ça fait une éternité qu'il n'a pas prononcé ce prénom.

— Elle va bien. Elle s'inquiète pour toi.

— Elle s'inquiète ? Quel culot !

— Tu n'as toujours pas avalé la pilule, hein ?

Nathan a les larmes aux yeux. Il n'en est pas sorti. Pas encore. La douleur est là, la plaie saigne. Il se rappelle les hamburgers et les cocktails colorés chez Bartley's. Ethel s'asseyait parfois sur ses genoux et il posait une main sur sa cuisse. Et les glaces au caramel chez Herrell's Ice Cream, combien en ont-ils partagées ? Chaque café, chaque restaurant, chaque librairie, la moindre pelouse du campus le ramènent à Ethel, à leur amour gâché. Que s'est-il passé ?

— L'amour, c'est la roulette russe ! murmure Chris comme en réponse à sa question muette.

Nathan se sent ému.

— Alors, qu'est-ce qui t'amène ?

— Quelques soucis informatiques.

– Tu tapes à la bonne porte. Raconte-moi.

– J'ai l'impression que quelqu'un s'amuse à entrer dans mes fichiers.

– Le cinquième pouvoir, l'œil de Caïn ! Si c'est une attaque en règle, c'est malheureusement banal. Un virus peut-être ? Il se propage avec des conséquences plus ou moins graves. Ça va du simple affichage de messages, du ralentissement de la machine, à la destruction des données voire du matériel. Ou bien un logiciel espion qui fouille ta bécane, connaît tes habitudes, et prend le contrôle de ton ordinateur à distance. Tu procèdes à des achats en ligne ? Tu consultes tes comptes bancaires via Internet ? Tu transmets les notations de tes étudiants par mails ? Gare au piratage, à la malversation !

– Y a-t-il moyen de se défendre ?

– Tu mets régulièrement à jour tes antivirus ? Non ? Je peux te fournir des logiciels spécialisés qui blinderont ton ordinateur, mais la garantie ultime n'existe pas. C'est bien le problème.

– Comment identifier le type qui fait ça ?

– Franchement, ça ne vaut pas la peine de le chercher : la plupart du temps, les attaques sont massives, généralisées, et visent au hasard.

– Et lorsqu'il s'agit d'un acte criminel déterminé, lorsque la cible est choisie ? Peut-on remonter à la source ?

– Tu m'inquiètes…

– C'est seulement pour mon information personnelle, Chris.

— Il est très difficile de rester complètement anonyme, de nombreuses traces sont déposées tout au long de la navigation sur Internet. Des données aussi simples que l'heure d'affichage de la machine, la marque du système d'exploitation, la version du navigateur, la résolution de l'écran… Mais il y a des cracks. La question première est de masquer son adresse IP, c'est-à-dire l'adresse de sa machine. Aujourd'hui, des logiciels permettent de sélectionner un chemin aléatoire à travers le Réseau jusqu'à la cible. Et d'établir une communication cryptée. Impossible alors de remonter à la source. Mais attention, certains sites empêchent les utilisateurs de ces logiciels d'accéder à leurs services. D'ailleurs, pour s'y inscrire, il faut transmettre son adresse mail, en échange de quoi on reçoit un code d'activation.

— Et si on ne souhaite pas fournir sa véritable adresse ?

Chris soupire bruyamment.

— Il suffit de créer une adresse mail intraçable, sans mot de passe et accessible à tous, qui permette juste de recevoir un code d'activation. Des boîtes offrent ce type de service. Le mail est alors public, l'utilisateur ne laisse aucune trace personnelle. L'anonymat sur Internet est compliqué mais possible. Ça représente seulement un énorme boulot.

— Pour qui est motivé…

— La moindre erreur et l'édifice s'écroule. L'enjeu doit être de taille. Tu as des soucis, Nathan ?

— Non, non ! Ce doit être un virus. Je vais m'acheter un bon logiciel de sécurité et ça ira.

— Parfait. Mais n'hésite pas…

– Promis. Au moindre pépin, je te passe un coup de fil ! Au fait, tu connais Island ?

– Island ? J'en suis membre !

– Tu joues ? C'est incroyable !…

– Et pourquoi ? Je n'ai pas la tête à ça ? Trop sérieux peut-être ? Tu te goures, vieux ! J'adore Island. C'est actuellement le top des mondes virtuels en 3D sur le net. Une société parallèle fabriquée par et à l'image des humains. On crée un personnage idéal qui retrouve tous les aspects du quotidien : des maisons, des immeubles, des jardins, des routes, des magasins, des restaurants, des universités, des entreprises, des permanences politiques… et j'en passe ! En plus, on peut communiquer à volonté avec les membres du jeu, exaucer ses rêves, voler ou se téléporter. C'est comme une seconde chance, un passeport pour une autre vie. Island, c'est génial ! Mais je m'en méfie.

– De quoi tu parles ?

– De l'émergence de ces mondes virtuels où l'on peut avoir plusieurs vies, changer d'identité. De ce bal masqué où il est impossible de faire la part des choses. De ces fausses amitiés qui naissent tandis que l'on perd le sens de la vraie relation sociale, que l'on s'enfonce dans la solitude interactive. De ce paradis artificiel où l'on obtient toutes les satisfactions désirées, toutes celles qu'on n'a pas décrochées dans le réel. De cet enfer où chacun concrétise ses fantasmes les plus sordides.

– Tu dérailles !

– Ouvre les yeux ! La prostitution fait désormais partie

du décor. Les rencontres amoureuses sont monnaie courante et tu peux jouir en ligne !

– C'est pas vrai…

– Bienvenue au pays des hommes !

Nathan déglutit en silence.

– Si on se faisait un resto un de ces quatre ? Pour évoquer le bon vieux temps.

– Avec plaisir.

– Tu sais où me trouver.

Nathan lui adresse un signe de la main et quitte le bâtiment. Le mal de tête est revenu. N'importe qui peut donc pénétrer dans son ordinateur et le contrôler à distance, sans même qu'on puisse le repérer ! Y a de quoi être parano…

Nathan consulte sa montre : dans quelques heures, il récupère Lena pour la semaine. La première bonne nouvelle depuis huit jours ! En attendant, il s'empresse de rejoindre l'amphithéâtre Langdell, au cœur de la faculté de droit. La salle est comble. Il démarre son propos dans un silence quasi religieux, force le ton, crée une ambiance de plaidoirie, et termine sous les applaudissements de ses étudiants, futurs membres du Congrès, avocats, procureurs, conseillers juridiques des plus grandes entreprises. Au moment de la pause, il traîne du côté de l'Out-Of-Town News, lieu stratégique où s'étale toute la presse internationale. Il feuillette quelques magazines, histoire de faire passer le temps. Tout l'après-midi, branché sur pilotage automatique, il enchaîne les cours. Seule l'expérience lui permet de réagir aux questions qu'on lui pose. Il a l'esprit ailleurs.

Enfin, il se précipite au point de rendez-vous. Il marine une dizaine de minutes, le temps de les voir apparaître toutes les deux, si jolies. Lena lui saute au cou et le couvre de baisers. Il la serre dans ses bras, il voudrait toujours la garder ainsi. Ethel s'approche avec réserve. La plus belle femme qu'il ait jamais vue. Il lui sourit. Il tente de mettre de la douceur dans ses gestes. Elle l'observe, médusée. Imperceptiblement, il la sent se détendre. C'est un bon début. Il sait les efforts qu'il a à fournir, il revient de loin. Ils échangent quelques phrases sur Lena et l'organisation de la semaine. Puis il regarde Ethel s'éloigner. Pourquoi regretterait-il de l'avoir épousée ? Il l'a aimée, n'est-ce pas un argument suffisant ?

Avec Lena, il retourne à sa voiture. Elle lui raconte mille choses des journées qui viennent de s'écouler sans lui. Il écoute, mémorise chaque détail. Rien de la vie de sa petite fille, de ses préoccupations quotidiennes ne doit lui échapper.

Ensemble, ils poussent la porte de son appartement. Un loft de cent vingt mètres carrés aménagé en salon - salle à manger - cuisine. Ses copains en sont dingues ; il ne les a plus invités depuis des mois. À l'étage, deux chambres, une salle de bain et un bureau.

Lena reprend possession de son domaine. Lui trépigne, se réfrène, pour finalement se précipiter sur son ordinateur et se connecter. Il est nerveux. A-t-il reçu un autre message ? Il retient sa respiration.

Une enveloppe apparaît à l'écran. Son pouls s'accélère. La panique redouble. Il sent ses muscles se contracter instinctivement. D'une main tremblante, Nathan déplace le curseur et clique sur le symbole.

Une photo.

Nathan a un mouvement de recul. Il ne peut détacher le regard de sa machine. Un jeune homme de chair et de sang, allongé dans une baignoire, la bouche ouverte, les joues flasques, les yeux vitreux. Il semble mort, gisant dans l'eau. La mise en scène est monstrueuse. Sous l'image, deux phrases :

« Et si tu l'avais tué ?
Si tu avais tué L'Étudiant ? »

Nathan est horrifié. Quelqu'un est à ses trousses. Mais qui ? Et pourquoi ? Jusqu'où ça va aller ? Ce visage d'adolescent ne lui dit rien. Pas plus que celui de Jerry et de Bonnie avant lui.

Une autre enveloppe surgit dans un coin de l'écran. Nathan n'a pas le choix, il doit faire face. *« Branche-toi dans une heure. Tu ne seras pas déçu. »*

6

Nathan est enchaîné, rivé à son écran d'ordinateur. Lena termine son hot dog dans le salon et l'attend pour mettre un film. Il lui a promis une petite soirée comme tous deux les aiment : plateau-télé. Ça lui paraît irréel. La vie quotidienne n'est plus qu'un mirage à ses yeux. Island est le seul monde vrai, palpable, concret.

Les secondes passent. Il est dix-neuf heures trente. Impossible de rater le rendez-vous. Que va-t-il arriver ?

Soudain, le dessin d'une caméra s'affiche en gros plan. Bizarre... Il saisit sa souris et active la fonction. Il est projeté à plusieurs kilomètres de Cottage Lena. Il voit à travers l'objectif de l'appareil. Il n'a pas de mal à reconnaître le décor : l'Université de Harvard et son campus de taille réduite sur le site island.com. Au cœur de la prestigieuse faculté, des dortoirs en briques rouges sont destinés aux élèves de première année. Et il voit l'agent de police Tommy se diriger vers Lionel Hall !

Nathan regarde le flic pénétrer dans le bâtiment, une petite maison possédant deux entrées et douze suites. Il lui file le train, comme s'il portait lui-même la caméra. Incroyable! L'agent de police grimpe au deuxième étage et frappe à la porte d'un appartement. Un collègue lui ouvre. Nathan lit son nom sur le badge accroché à sa poitrine : Kevin. Une grosse chaîne en argent pend à son cou. Il mâche un chewing-gum sans discrétion. Il se la joue cow-boy.

Tommy entre dans le salon. Le commissaire principal est assis dans un canapé, à côté d'un jeune homme.

– *Un stupide accident, amorce le commissaire. L'Étudiant s'est noyé dans sa baignoire. Je vous présente son colocataire. Il a eu le désagrément de constater la mort de son ami.*

– *Il travaillait comme un dingue, il était épuisé, intervient l'adolescent. Il a dû s'endormir.*

– *Il faut évacuer le corps. Agent Tommy, pouvez-vous vous en charger?*

– *À vos ordres, chef.*

– *La salle de bain est sur votre droite.*

L'Étudiant! Qu'est-ce que c'est que ce boxon? Et manifestement, sa mort ne choque personne. Elle ne soulève aucune question. Un accident, ça peut toujours arriver. Même quand c'est le deuxième en deux jours?

Le policier s'introduit dans la salle de bain et s'immobilise devant la masse plongée dans la baignoire. Il s'approche, empoigne le corps sous les bras et pose la tête sur le rebord. Il a un mouvement de recul. Les traits sont bouffis, déformés. Comme si le cadavre avait passé des heures dans le bain.

Abasourdi, Nathan le reconnaît : c'est un de ses élèves en droit à Island. Mais quel rapport avec la photo reçue il y a une heure ?

L'agent Tommy s'éloigne. Il semble écœuré. Vrai ou faux ? En tout cas, il regagne rapidement le salon.

— *Il n'a rien laissé, aucune lettre ? demande-t-il.*

L'adolescent et le commissaire lui adressent un regard interloqué.

— *Dernièrement, avait-il changé de comportement ? Était-il taciturne, déprimé ? insiste le policier.*

— *Qu'entendez-vous par là ? le rabroue le commissaire.*

— *Je fais mon travail.*

— *Votre mission ne consiste pas à mettre de telles âneries dans la tête des gens ! Ce jeune homme est suffisamment ébranlé par la perte de son ami, n'en rajoutez pas !*

— *Êtes-vous aussi en première année de droit ? poursuit Tommy.*

— *Non, j'étudie à la fac des arts et des sciences, répond le gamin d'une voix blanche.*

— *Je retourne à mon dîner, prononce soudain le commissaire principal. Il y a du beau monde. Puis-je vous faire confiance ?*

— *Bien entendu. Je m'occupe du corps.*

Le chef de la police quitte l'appartement. L'agent Kevin pile devant Tommy, en ruminant.

— *Ça pue, cette histoire!* marmonne-t-il avant de disparaître à son tour.

— *Vous n'avez pas répondu à mes questions,* enchaîne brutalement Tommy en direction de l'adolescent.

— *Vous savez, on ne faisait que se croiser. Les études nous accaparaient l'un et l'autre. Il voulait à tout prix réussir son année.*

— *Avez-vous des copains qui étaient en cours avec lui?*

— *Oui. Il y en a au même étage.*

— *Présentez-les-moi.*

— *Maintenant?*

— *Je veux en savoir plus.*

Le gosse conduit le flic sur le palier et sonne à une autre suite avec insistance.

— *Hé! mon gars! qu'est-ce qui t'amène?*

— *L'Étudiant est mort. Ce policier voudrait vous interroger.*

— *L'Étudiant, mort? Comment ça?*

— *Accident de baignoire!*

— *On peut entrer?* coupe Tommy.

— *Je vous en prie. Je préviens mon coloc.*

Le logement est identique aux autres: deux chambres, un séjour et une salle de bain privée. Spacieux et confortable. Les deux ados s'assoient sur la moquette, face à Tommy.

— *L'Étudiant était un super-pote!* s'exclame l'un d'eux.

— *Je voudrais savoir s'il se comportait différemment ces temps-ci,* interrompt l'agent de police.

Les deux gamins froncent les sourcils.

– C'est vrai…, murmure celui qui leur a ouvert la porte. Il était moins sympa et… moins sérieux.

– C'est-à-dire ?

– Il ne bossait plus ses cours, comme si ça ne l'intéressait plus. Et il a même annulé une soirée qu'on avait organisée ensemble.

– Vous devriez demander à son prof, intervient le colocataire. L'Étudiant l'adorait.

– Lequel ?

– Nat. Il l'aidait parfois.

Le policier vacille.

– Vous avez d'autres questions ? s'inquiète le copain de chambre de L'Étudiant.

– Non, ça ira, conclut Tommy.

Bientôt il quitte Lionel Hall et remonte dans sa voiture de patrouille.

La caméra s'éteint. Le direct est fini.

Nathan est saisi d'un vertige : il aurait dû se douter qu'il serait mêlé à tout ça. L'auteur du message l'avait prévenu : « *Et si tu l'avais tué ? Si tu avais tué L'Étudiant ?* » L'agent Tommy a compris et ne va pas tarder à lui tomber dessus.

Surtout, il n'est pas logique que des personnes meurent à Island. C'est sordide et effrayant.

– Papa, tu descends ? crie sa fille depuis le salon.

7

Daniel Rhys habite le South End, une villa au sud de Copley Square. Sa femme raffolait de ce quartier pittoresque et branché, aux zones résidentielles rappelant la vieille Angleterre. Il y a une vingtaine d'années, elle l'a convaincu de s'installer à deux pas de Tremont Street. Depuis, les prix ont flambé et Daniel n'aurait plus les moyens de s'y acheter une maison. Le secteur abrite le Centre des arts ainsi que de nombreuses galeries de peinture. Diane l'entraînait chaque mois découvrir de jeunes artistes contemporains. Il adorait lui tenir la main, la regarder s'extasier devant les toiles.

La plupart du temps, ils terminaient la balade dans leur restaurant fétiche : le B&G Oyster. Le chef leur concoctait son merveilleux sandwich au homard. Ils riaient comme des gamins. Daniel se remplissait de la joie de son épouse. Pas une seule seconde il n'aurait imaginé vivre sans elle.

Pourtant, Diane est bien morte un an plus tôt, emportée par un cancer fulgurant. Quelques malaises suspects, l'annonce de la maladie, trois mois de souffrance et près de quarante ans d'amour balayés en un clin d'œil. Le drame. Il s'est toujours dit que c'était le comble, cette mort. Tant d'épouses larguent leurs flics de maris ! À la longue, elles ne supportent plus ni l'horreur de leur métier ni l'angoisse de les attendre. Mais Diane n'était pas une femme comme les autres.

Enfoncé dans son canapé, dans cette maison trop vide et silencieuse, Daniel repose le cadre contenant sa photo. Ce soir, il n'a pas envie de lui parler, il n'a le goût de rien. Elle lui manque. Son corps lui manque. Dans un ultime effort, il reporte son attention sur l'expertise de Donna Blumer ; il la relit pour la énième fois. Mieux vaut se concentrer sur le rapport d'autopsie que de sombrer dans la déprime. Les conclusions confirment ses soupçons : la victime était bien décédée depuis quarante-huit heures, après avoir été percutée, écrasée puis traînée par un véhicule. Et les stigmates ante mortem indiquent une captivité de trois semaines. Par ailleurs, le médecin légiste précise que l'examen des organes génitaux ne montre aucune lésion traumatique évoquant une agression sexuelle. Bien maigre consolation quand on devine le calvaire enduré par cette femme !

Daniel relit les indices énumérés par Blumer :

– Pour commencer, les pneus sont des Bridgestone. Rien qu'en Amérique du Nord, mille cinq cents points de vente écoulent cinquante millions de pneus par an.

– Les fibres prélevées dans les cheveux et sur la robe

sont en laine. On peut présumer que la victime a été enveloppée dans une couverture.

— Les aiguilles végétales extraites de la plante des pieds sont longues de sept à seize millimètres, possèdent quatre faces arrondies et sont d'un vert jaunâtre luisant. Elles proviennent d'une épinette rouge, le *Picea rubens* Sarg. C'est un épicéa qui peut atteindre trente mètres de haut avec un tronc d'un mètre de diamètre. Un arbre très présent au Canada et en Nouvelle-Angleterre. Des traces de rouille ont été repérées sur les aiguilles. Un champignon en est la cause. Les aiguilles infectées se dessèchent, rougissent, meurent et finissent par tomber. Bonnie s'est donc trouvée dans un secteur où prolifère le champignon.

— Les graviers en granit sont typiques de la région du New Hampshire.

— Les échardes enfoncées sous les ongles de la jeune femme n'ont rien révélé de particulier.

— Pour terminer, la terre battue qui recouvrait le corps est communément utilisée dans le bâtiment.

Daniel s'extirpe de son canapé pour se détendre les jambes. Dehors, c'est la nuit noire. Il parie que ses voisins sont déjà endormis. Depuis un an, il est le dernier du quartier à éteindre la lumière. Il tourne en rond, refuse le sommeil tant qu'il peut. Il déteste l'idée de se coucher sans elle. Il se souvient qu'il se collait contre sa peau nue et que ses caresses le berçaient.

Penser à l'enquête est la seule solution. Le portrait-robot n'a pas servi à grand-chose jusqu'ici. Quant au pick-up noir métallisé, il en existe des centaines dans la région. Sans le numéro de la plaque d'immatriculation, même partiel, impossible d'avancer.

Marini a passé une partie de la journée à examiner le disque dur de l'ordinateur de Bonnie, ainsi que la liste des sites qu'elle consultait fréquemment. Le petit a sans doute prévu d'y travailler encore cette nuit. Normal, il en aurait fait autant à son âge. Il se revoit, trente ans plus tôt, la même pêche, les mêmes angoisses qu'il essayait de camoufler.

Daniel s'assoit sur son lit. Il soupire, les épaules voûtées. Se coucher ou pas… Il n'a pas envie, pas sans Diane. Il s'étend sur les draps, tout habillé. Si sa femme le voyait, elle le disputerait. Il sourit. Les larmes ne sont pas loin.

Le téléphone sonne. Il sursaute, traversé par une décharge d'adrénaline. Qui cela peut-il être ? Un de ses gamins ? Le quartier général de la police de Boston ? Un faux numéro ? Il saisit le combiné.

– Rhys ? C'est Gomez…

Le sergent-détective Maria Gomez, affecté aux Affaires familiales. Daniel se redresse sur son lit.

– Que se passe-t-il, Maria ?

– J'ai pensé qu'il fallait te prévenir… Depuis dix jours, j'étais en charge d'un cas de disparition de mineur, un jeune homme de seize ans.

– J'étais ?…

– La brigade fluviale a retrouvé son corps sur les berges de la Charles River, sous le pont Harvard. Avant de me

59

rendre sur place, j'ai cru bon de t'avertir étant donné que tu pilotes l'enquête sur l'assassinat de Thomson. Il pourrait y avoir des similitudes.

– Tu as bien fait, merci, Maria. Tu as contacté le service médico-légal ?

– Blumer est en route.

– Impeccable. Si tu pouvais joindre la police scientifique, ce serait bien.

– Je m'en occupe.

– J'arrive, attendez-moi.

– On ne touche à rien tant que tu n'es pas là.

Rhys cherche le numéro de Marini dans son répertoire. Il sera content d'être de la partie.

– Oui ? prononce une voix bien éveillée.

– Nous avons un deuxième cadavre sur les bras. Un ado disparu depuis dix jours.

– Merde !

– T'es d'attaque ?

– Bien sûr ! Où est-ce ?

– Sous le pont Harvard.

– Vous êtes encore chez vous ?

– Oui.

– Alors j'y serai avant vous.

– Tu paries ?

8

Sur le pont Harvard, la circulation est ralentie par la curiosité des automobilistes. Des agents en uniforme agitent les bras avec autorité. Les journalistes vont bientôt rappliquer, attirés par l'odeur du sang.

Rhys distingue la vedette d'intervention de l'Unité maritime et fluviale. Le logo de la police de Boston est gravé de chaque côté de l'embarcation, le drapeau américain flotte au-dessus de la cabine de pilotage. Les puissants projecteurs éclairent l'endroit où se trouve le cadavre.

Marini lui fait de grands signes de la main, l'expression victorieuse. Rhys lui renvoie un sourire chaleureux. Le petit l'a coiffé sur le poteau !

Tous sont déjà là : Maria Gomez, Donna Blumer et le chef de la police scientifique. D'excellents professionnels. La patrouille fluviale a établi un périmètre de sécurité autour du corps. Un cordage et des rubans délimitent la zone.

– Salut, Daniel ! lance Gomez. Pauvre gosse... Malgré ses plaies sur le visage, on reconnaît Eliot Dunster. Il porte une chevalière à l'annulaire droit, c'est bien le bijou que m'a décrit sa mère.

Petite brune au teint mat d'origine hispanique, Maria Gomez est une dure à cuire. D'apparence seulement. Rhys constate que ses yeux noirs brillent d'une manière inhabituelle. La mort de l'adolescent la touche de plein fouet. Elle a sans doute prié pour le ramener vivant à ses parents et s'en veut d'avoir échoué. Le lieutenant devine toutes les questions qui la torturent.

— Maria... tu n'es pas responsable de sa mort !

La jeune femme sursaute, le regard flou.

— Tu as fait tout ce que tu as pu, je te connais.

Elle acquiesce, mal à l'aise.

— Qu'est-ce qu'on a ? poursuit-il.

— Le cadavre est plongé dans la rivière jusqu'à la poitrine, répond Donna Blumer. Or la décomposition d'un corps varie selon qu'il est immergé ou pas. Les tissus se détériorent plus rapidement dans l'eau. Le degré de salinité, les changements de température, les bactéries et les insectes propres à l'environnement contribuent à altérer le cycle naturel de la putréfaction. Il devient alors plus difficile, voire impossible dans certains cas, de déterminer le moment et parfois la cause de la mort.

— Examinons les lieux, déclare le chef de la police scientifique. Je commence par le périmètre de sécurité de façon à laisser au plus vite la place à Donna. Je traînerai ensuite dans les parages.

Le criminaliste enjambe le cordage et réalise un certain

nombre de clichés photographiques, avant de scruter le sol, concentré sur chaque détail.

– Il y a des traces latentes de chaussures sur l'herbe, annonce-t-il. À part Gomez, combien d'entre vous ont marché là ?

– Seulement moi, rétorque sèchement un flic de la brigade fluviale. Mes deux collègues n'ont pas quitté le bateau.

– Très bien. Je prendrai l'empreinte de vos semelles pour comparer. Quelqu'un aurait pu déposer le corps ici même. On peut aussi imaginer que le gamin ait été charrié par le fleuve.

Le lieutenant de la police scientifique s'empare d'une lampe torche diffusant une lumière blanche capable de déceler les marques.

– Les empreintes ont une profondeur intéressante. Je vais procéder à des moulages.

Il mélange sa pâte puis l'étale avec une spatule.

– Je recouvre les moulages, faites attention. Je ne pourrai les récupérer que d'ici une heure, le temps qu'ils durcissent. Je ne vois rien d'autre.

– À toi, Donna, commande Rhys.

Le Dr Blumer s'accroupit près du corps, en enfilant des gants en latex. Au loin, quelques agents de police repoussent les caméras des chaînes de télévision.

– Le visage est le siège de plusieurs plaies cutanées qui semblent toutes présenter les mêmes caractéristiques. Il s'agit de plaies à bords déchiquetés, peu hémorragiques, associées à des pertes de substance. Aucune ecchymose, aucun hématome. Il n'y a pas de stigmate de coagulation. Ce sont des lésions post mortem occasionnées par des rongeurs. C'est typique du milieu.

Elle soulève délicatement la tête de la victime. La vision est écoeurante.

— Aucune raideur cadavérique, continue Blumer. Je note l'absence de mousse au niveau du nez et de la bouche, présente en principe lorsqu'il y a inhalation d'eau. Voilà, je ne peux pas en dire plus étant donné que le reste du corps est baigné dans l'eau et que je n'y ai pas accès. Seule l'autopsie permettra d'aller plus loin.

— Pouvez-vous confirmer l'identité de la victime? demande Marini.

— D'après les éléments dont je dispose, les critères morphologiques concordent. Les vêtements sont conformes à ceux que portait le garçon le jour de sa disparition. Comme l'a dit Maria, la chevalière mentionnée est similaire à la sienne. Surtout, j'observe une fine cicatrice sous le menton, l'oreille gauche est percée et la victime porte un appareil dentaire. Tout cela plaide en faveur d'une identification positive. L'analyse génétique permettra une conclusion formelle.

— Bon, je crois que tu peux faire embarquer le corps, articule Rhys. Une objection?

— Hé! Daniel! s'écrie le chef de la police scientifique. J'ai dégoté des traces de pneus!

Ils le rejoignent près de l'emplacement des véhicules.

Un journaliste repère le lieutenant Rhys et l'interpelle vivement. Celui-ci feint d'ignorer sa présence et celle de ses camarades de jeu.

– Ce n'est pas à nous, ça. Et c'est assez frais. Je prends des photos et j'étudierai les motifs au labo.

Les yeux dans le vide, Marini songe à la victime. Le garçon s'est-il noyé dans le fleuve? Est-ce un suicide? Les eaux l'ont-elles emporté et conduit jusque-là? Il aurait pu avoir été assassiné ailleurs et volontairement abandonné sous le pont Harvard. Et la noyade est-elle réellement la cause du décès? Deux personnes disparues réapparaissent subitement à quelques heures d'intervalle, dans d'atroces conditions : et s'il y avait une relation entre les deux affaires?

– Je dois me rendre chez les parents, s'émeut Gomez.

– Pas question que tu y ailles seule, réplique Rhys. Marini? Une fois sur place, j'aimerais que tu fouilles la chambre du gosse.

– Comment est la famille? questionne le détective.

– Des gens bien. Eliot avait deux petites sœurs, de neuf et quatorze ans. J'ai une faveur à vous demander. Si vous mettez la main sur le salaud qui a fait ça, j'aimerais être la première à lui cracher à la figure!

– Je n'oublierai pas, lui promet Rhys.

Ils retournent à leurs voitures. Le lieutenant prend le parti de ne faire aucun commentaire à la presse; il est encore trop tôt. Il lit la déception sur les visages. Tant pis.

Ils démarrent et roulent en file indienne jusqu'au

domicile des Dunster. Un homme leur ouvre. Apercevant Maria, ses traits s'affaissent. Il se tient immobile sur le pas de la porte, le regard vide.

– Chéri ? s'inquiète une femme dans l'appartement.

– Nous pouvons entrer ? murmure Maria, la voix tremblante.

M. Dunster les conduit au salon, rejoint par son épouse. Avec une infinie douceur, Maria leur annonce la mort de leur fils. La mine figée, le couple guette un démenti, puis s'effondre en larmes.

– J'aimerais que le détective Marini puisse visiter la chambre de votre fils, déclare le lieutenant Rhys.

– Faites ce que vous voulez, lâche Dunster, résigné.

– Comment est-il mort ? implore la mère d'Eliot.

Pas question de leur cacher la vérité ; c'est inutile et plus ignoble encore, Rhys le sait d'expérience. Il se débrouille pour répondre avant de les interroger à son tour. Il n'apprend rien de particulier sur Eliot, sauf que c'était un garçon génial, qu'il souhaitait intégrer la fac de droit de Harvard à la rentrée et qu'il faisait la fierté de ses parents. Et aucun d'entre eux ne connaît Bonnie Thomson ; jamais entendu parler d'elle, sauf aux infos.

Subitement, Marini pointe le bout de son nez, l'expression tendue.

– Vous permettez une seconde ?

Il entraîne Rhys hors de la pièce.

– Lieutenant, je crois qu'on tient quelque chose !

9

Samedi

Quatre heures cinquante-deux. Encore un cauchemar.
Et l'envie d'attraper son réveil, de le fracasser contre le
mur. Il aurait aimé s'offrir une grasse matinée... Il écarte
le drap d'un geste rageur. Vêtu d'un simple caleçon, il
quitte sa chambre sur la pointe des pieds. Il pousse délicatement la porte voisine. Sa fille Lena roupille comme
un bébé. Elle est adorable. Son cœur fond comme un
caramel au soleil rien qu'à la regarder. Hier soir, il s'est
blotti contre elle, en boule sur le canapé. Un moment
d'infinie douceur.

Nathan descend dans la cuisine. Le frigidaire est vide.
Le samedi matin, une fois tous les quinze jours, il fait les
courses avec Lena. C'est elle qui rédige la liste et
commande les opérations. Elle adore. Et lui s'amuse de
la voir se transformer en petite femme. Sauf qu'elle ne
pense pas à tout et il se retrouve vite à sec. C'est toujours
la dèche quand elle revient. Il se retourne vers les

placards. Avec de la chance, quelques boîtes de conserve ont sauvé leur peau... Banco! Du maïs. À cinq heures du matin, pourquoi pas? Il l'égoutte et saisit une petite cuillère. Un café par-dessus et roule ma poule! Le mélange est infect, il faut l'avouer, mais Nathan subit un entraînement régulier.

Tandis qu'il avale les premières bouchées, une angoisse sourde refait surface. Autour de lui, c'est le silence. Il est seul. Personne à qui parler. Aucune épaule sur laquelle s'appuyer. Ses doigts se mettent à trembler et il repose la tasse de café. Il est en état de manque. Il l'a lu, les accros aux mondes virtuels ne sont pas des ados farfelus, non, la plupart sont des hommes d'âge moyen, au sommet de leurs capacités intellectuelles. Pourquoi basculent-ils? L'ennui, la recherche de sensations nouvelles, le sentiment de liberté et de pouvoir. Aussi dévastateur qu'une drogue. Mais Nathan a bien l'intention de lutter contre cette dépendance. Il ne veut plus quitter ses cours et le campus de Harvard avec pour seul objectif de se connecter. Il en a marre de refuser les invitations parce qu'il préfère se brancher sur island.com. Il n'accepte plus de vouer tout son temps libre à ce mirage, jusqu'à se priver de sommeil. Il déteste que le besoin de jouer le prenne aux tripes en présence de Lena; rien ne doit empiéter sur leur relation. S'il continue, il va tout détruire et lui avec.

Mais c'est trop tard. L'accident de voiture de son personnage l'a sacrément secoué. Il se repasse le film malgré lui. Il a la trouille. Jerry, Bonnie: quel rapport? Et L'Étudiant découvert mort dans son bain par l'agent Tommy, quel lien avec la photo qu'il a reçue, ce jeune homme allongé dans une baignoire, la bouche ouverte, les joues flasques, les yeux vitreux ? Et qui l'accuse de meurtre ? Un voile d'ombre est tombé sur Island, l'éden s'est mué en enfer. Il va griller tout cru, s'il ne réagit pas.

Il se précipite à l'étage, allume son ordinateur et se plonge dans Island. *Exit* Nathan. Nat entre en piste. Une image numérique au réalisme effrayant, un double illusoire, son avatar.

Par manque de créativité, Nathan l'a configuré selon son modèle : la quarantaine, un mètre quatre-vingt-cinq, brun, le regard sombre. Un beau mec plein de charme, si l'on en croit ses étudiantes. Tout ça partait d'une bien mauvaise idée. Si on savait tout par avance…

Dehors, l'aube se lève lentement. Un vent léger souffle sur le gazon. L'herbe est un peu haute et ondule avec grâce. Nat enfile un pull et sort sur le perron. Le journal a été livré devant sa porte. Il se penche et le ramasse. Puis il avance sur le petit chemin de terre, le cœur battant, jusqu'à sa boîte aux lettres. Un courrier l'y attend. Traîner un peu avant d'ouvrir l'enveloppe. Se donner du répit. Il rentre chez lui et se calfeutre. Il fait couler le café et se prépare des toasts. Il pose le beurre et la confiture sur la table de la cuisine et s'assoit. Ici, tout est calme, tout est serein. Tout est faux. Étrange sentiment.

La lettre lui est adressée par l'agent de police Tommy.

Il clique dessus. « Contactez-moi de toute urgence. L'un de vos élèves est décédé. »

Il doit maintenant faire face à son destin.

Nat téléphone à la société de taxis ; sa voiture est toujours au garage municipal. Il se change rapidement puis claque la porte de la maison derrière lui. Le soleil pointe à l'horizon. Il marche jusqu'à la grille de son jardin. Un véhicule approche et s'arrête.

– Où allez-vous ?

– Centre-ville.

– C'est parti !

Le taxi traverse la campagne. Nat n'a d'yeux que pour les gratte-ciel au loin. C'est là qu'il est né, dans la Tour d'orientation où est située la porte d'entrée d'Island.

La voiture pénètre dans Holytown, la capitale, et le dépose à deux cents mètres du commissariat. Nat se précipite dans l'imposant édifice et se faufile discrètement dans l'ascenseur, sans passer par l'accueil. Il fonce tout droit dans le bureau de Tommy.

L'agent semble surpris. Il ne s'attendait pas à voir apparaître Nat aussi soudainement. Sans laisser le temps au flic de réagir, il s'assied face à lui.

– L'Étudiant est mort.

– Je n'ai jamais dit qu'il s'agissait de L'Étudiant, réplique Tommy, sur ses gardes.

– Je l'ai appris.

– Par qui ?

Pas question de trop lui en dire. Même pas de lui

raconter l'épisode de Lionel Hall et de la caméra embarquée. Ça ne ferait que renforcer la suspicion du policier.

— Noyé dans sa baignoire, n'est-ce pas ? poursuit Nat.

Aucun mot ne sort plus de la bouche de Tommy. Il est tétanisé. Nat ne lit plus ni bienveillance ni compassion dans la posture. Mais de la méfiance. Le silence est pesant.

— J'ai une histoire à vous raconter, reprend Nat. Elle dépasse l'entendement. Il faut que vous m'écoutiez.

Tommy ne bronche pas.

— Je suis prof de droit à Harvard. Ici et dans la vraie vie. Mon nom est Nathan Barnett, Jr. Vous pouvez vérifier.

Tommy est stupéfait. À Island, personne ne dévoile sa véritable identité. Mais Nat poursuit, déterminé à aller jusqu'au bout.

— Et je ne sais pourquoi, quelqu'un m'en veut au point de mettre des cadavres sur ma route. Ici, à Island, comme dans la réalité. Jerry... je crois qu'il s'agit de Bonnie Thomson. Vous en avez entendu parler aux infos ? Cette femme a été retrouvée morte à Boston. L'Étudiant... j'ai reçu une photo de lui. Un gamin, un vrai, mort dans sa baignoire. Je n'ai rien à voir avec ça, moi. Je ne suis pas un tueur.

— Une seconde ! se cabre Tommy. De vraies personnes auraient été tuées ? C'est ce que vous êtes en train de m'expliquer ?

— Oui ! Je n'y comprends rien, mais c'est la vérité.

– *Comment pouvez-vous être certain que Jerry soit l'avatar de Bonnie Thomson ?*

– *Après l'accident, quelqu'un m'a envoyé une lettre de menace. C'était écrit : « Tu l'as tuée. Tu as tué Bonnie. » Je n'invente rien !*

– *Vous prétendez que Jerry et Bonnie ne sont qu'une seule et même femme ? Vous imaginez les conséquences ?*

– *Je suis en plein dedans, figurez-vous ! Et j'ai le trouillomètre à zéro !*

– *Vous devriez aller voir la police.*

– *J'y suis, à la police !*

– *Je vous parle de la police de Boston. La vraie !*

– *Et je vais lui dire quoi ? Qu'un dingue me harcèle sur Internet et perturbe le jeu ?*

– *Pourquoi pas ? L'évocation de Bonnie Thomson les intéressera sans aucun doute.*

– *Je ne le sens pas...*

– *Qu'attendez-vous de moi, Nat ?*

– *Je veux vous rencontrer. Dans la réalité.*

Tommy se tait. S'il a choisi le rôle du flic sympa, il n'imaginait pas que les choses partiraient en vrille ! Il n'est pas sûr d'apprécier une pluie de cadavres, fût-elle virtuelle. Il n'est pas préparé à ça, pas plus qu'il n'est attiré par le morbide.

– *Vous êtes un précieux témoin, insiste Nat. J'aimerais qu'on discute de tout ça en dehors d'Island.*

Tommy reste muet, paralysé dans son fauteuil. Inexistant.

– Agent Tommy ? s'obstine Nat.

Plus rien, plus aucune réaction.

– Tommy ! hurle Nathan dans son bureau.

Il colle sa main contre sa bouche, horrifié. Son cri a-t-il réveillé Lena ? A-t-il vraiment prononcé tout haut le nom de l'agent de police ? Il ne sait plus... Tout se confond dans sa tête. Il est paumé.

10

La sonnerie retentit. Daniel Rhys bondit hors du canapé. Il glisse la main dans ses cheveux en bataille, tire sur le pan de sa chemise et bombe le torse. Puis il ouvre la porte. Donna Blumer, le teint pâle, les traits tirés.

– Tu m'as bien proposé un café ?

– Entre, je t'en prie.

Il l'entraîne dans la cuisine. Elle s'installe sur l'un de ces hauts tabourets en fer forgé que Diane avait dégotés dans une brocante. Daniel lui sert un café et pose des brioches sur la table.

– Tu as fait vite, Donna.

– Que ne ferais-je pas pour toi ?

Un large sourire illumine le visage de la jeune femme. Il a toujours apprécié Donna et il sait que c'est réciproque.

– Comment vas-tu ? poursuit-elle sans transition. Depuis que… enfin qu'elle n'est plus là, je veux dire. Nous n'en avons jamais vraiment parlé…

Rhys hausse les épaules.

– Il y a des jours avec et beaucoup de jours sans. Elle… elle me manque terriblement.

– C'était une femme bien. Toutes les fois où je l'ai rencontrée, elle m'a impressionnée par son élégance, sa gentillesse, son énergie.

Daniel acquiesce et boit quelques gorgées de son café brûlant.

– Et comment va ton amie ?

Donna sourit.

– Elle va bien, merci.

Soudain, le regard de la jeune femme s'obscurcit.

– Je me comporte comme un ours la plupart du temps, confie-t-elle. Mais si ma relation avec Julie devenait publique, que crois-tu qu'il arriverait ?

– Pas la peine de m'expliquer, je comprends. Le bonheur est suffisamment difficile à atteindre, peu importe comment chacun s'y prend pourvu que ça se passe entre adultes consentants.

– Tu es quelqu'un de tolérant, ce n'est pas le cas de tout le monde. Bon, assez bavassé. Je rédigerai mon rapport dans la journée, mais je te résume mes conclusions. Eliot Dunster est mort noyé. Je te fais grâce des détails de prélèvement d'organes. À part les stigmates dus au milieu humide, comme l'aspect fripé de la peau et des mains, il n'y a pas de fracture, ni d'ecchymose. L'examen de l'anus et des parties génitales est sans particularité. Aucune anomalie supposant que la victime ait subi des actes de violence. Je ne m'attarderai pas sur les plaies cutanées, des morsures de rongeurs…

— Mais tu le dis quand même !

— Le sens du partage… Il manque une partie de la lèvre inférieure et de la joue gauche. La région frontale, au-dessus de l'œil droit, n'est pas belle à voir non plus.

— Stop ! Je crois que j'ai saisi.

Le téléphone portable de Rhys se met à sonner, interrompant leur conversation.

— J'ai encore mieux, chuchote Donna.

Tandis qu'il décroche, Daniel lui fait les yeux ronds, la mine impatiente.

— Dan ? s'écrie une voix dans l'appareil.

Le chef de la police scientifique.

— J'ai des trucs intéressants pour toi. Les empreintes de chaussures ont parlé. D'abord, la pointure : c'est du 43 fillette. Ensuite, j'ai la marque. Eh oui ! Ça t'épate ? Des Doc Martens. Pas d'erreur possible. Piégé par le logo au centre de la semelle lisse. Il y a la formule « The ORIGINAL » et au-dessous le rectangle contenant la croix du docteur Klaus Maertens, l'inventeur. À droite de la croix, on peut lire l'inscription « OIL FAT ACID PETROL ALKALI RESISTANT ». Je sais qui en porte si tu veux les interroger.

— Ah oui ? s'amuse Daniel.

— Madonna. Et Jean-Paul II.

— Pour Jean-Paul, c'est un peu tard.

– S'il les a embarquées avec lui, c'en est foutu des analyses comparatives !

– Je téléphone à Madonna.

– Pitié, emmène-moi, Dan ! Pour en finir avec les chaussures, je pencherais pour les bottines en cuir Doc Martens. Montage Goodyear. Semelle extérieure élastomère. C'est une question de pénétration dans le sol et de forme.

– Bon boulot. Tu as avancé sur les traces de roues ?

– Modèle P235/70 R16. Marque Goodyear. Type de produit : régulier. Type de véhicule : camion léger. Ces informations, ajoutées à la distance entre les empreintes des pneus gauche et droit, donnent des indications sur la marque de la voiture.

– Tu en déduis quoi ?

– Le genre Chevrolet Silverado.

– Un pick-up…

– Exact. Le modèle Silverado est le plus vendu dans le pays, derrière le F150 de chez Ford. La gamme est diversifiée. Le pick-up possède deux ou quatre portes, et plusieurs sortes de bennes.

– Tu peux me faire passer une photo de la bestiole, histoire qu'on la montre aux témoins ?

– Je te la fais porter à l'instant à ton bureau.

– Chez moi, je préfère.

– Tu l'auras dans vingt minutes. Sache que les empreintes de pneus laissées sur le corps de Bonnie Thomson sont différentes de celles-ci.

– C'est noté. Mais c'est un pick-up qui a abandonné la victime sur Battery Street. On tient peut-être un point commun aux deux meurtres. Avec toute la prudence qu'il faut avoir. En tout cas, merci.

Rhys raccroche et fixe Donna d'un œil incandescent.

– Tu disais que tu avais encore mieux ? lui demande-t-il abruptement.

Elle sourit, ravie de son petit effet.

– Ce n'est pas ta première noyade, tu as donc déjà entendu parler de strontium et de diatomées...

– Amen ! C'est le genre de truc qu'on doit me réexpliquer à chaque fois, je l'avoue.

– Le strontium est un marqueur biochimique. S'il est abondant dans l'environnement, sa teneur est faible dans les fluides humains. Les diatomées sont des algues jaunes et brunes, microscopiques, présentes dans tous les milieux aquatiques, à l'origine des réseaux alimentaires de nombreuses espèces. Leur présence dans un milieu est liée à divers facteurs physicochimiques, comme la lumière, les sels minéraux, mais aussi le pH, la salinité et les teneurs en oxygène et en matière organique.

– Où veux-tu en venir, Donna ? coupe Rhys, les sourcils froncés.

– À la bonne nouvelle que tu attends.

11

Nathan bascule dans le vide. Il tombe, sans personne pour le retenir. Sensation effrayante. Comment échapper à son destin? Suffit-il de tout éteindre, d'arracher les câbles de son ordinateur, de quitter Island à jamais?

Soudain, une petite enveloppe apparaît sur son écran. Nathan clique dessus avec son curseur.

– *Est-ce lui?*

Il y a une pièce jointe. Nathan l'ouvre. Le visage humain de L'Étudiant s'étale brusquement devant lui. Le garçon pose, le sourire aux lèvres, l'expression détendue. Nathan ne peut oublier la vision de l'adolescent, les traits figés et gonflés d'eau. Mort. Comment se fait-il que Tommy possède cette photo? Le doute, sournois, s'immisce et trace son chemin dans chacune des cellules de son cerveau. Qui est Tommy? Il est flic à Island, et alors? Est-ce une garantie d'intégrité? Si c'était lui, le malade qui lui en veut? Il occuperait la bonne place pour agir en toute impunité...

– *Nat? Êtes-vous là? questionne subitement l'agent.*

Nathan sursaute, l'esprit embrouillé.

— *Nat ? Avez-vous lu mon message ?*

C'est au tour de Tommy d'insister. Il cherche à ferrer le poisson, et le poisson c'est Nat. Du menu fretin. Un abruti qui s'est fait piéger depuis le départ. Tommy joue avec ses nerfs.

— *Nat ? Bon sang, où êtes-vous ?*

— *Je suis là. Comment l'avez-vous eue ?*

— *Vous parlez de la photo ?*

— *Oui.*

— *Que croyez-vous, Nat ?*

— *Vous connaissiez L'Étudiant.*

— *J'ai constaté sa mort, à Island. C'était l'un de vos élèves de première année.*

— *Vous savez très bien ce que je veux dire !* s'énerve Nat. *Le garçon… pas son avatar ! Je ne l'ai jamais vu dans la réalité. Vous, oui.*

— *Un petit conseil, allumez votre télé et regardez les infos. Revenez après !*

Nathan se redresse d'un coup. Il se précipite au rez-de-chaussée et appuie sur les boutons de la télécommande. Dans un réflexe presque invraisemblable, il baisse le son pour ne pas réveiller Lena. Il a failli oublier sa présence dans l'appartement. Le journal du matin se déroule sous ses yeux. Debout à quelques centimètres du poste, Nathan est incapable de se décontracter. D'une voix doctorale, la présentatrice énumère l'actualité de Boston, et annonce soudain :

— Un jeune homme de seize ans disparu depuis dix jours, Eliot Dunster, a été retrouvé mort cette nuit sur les berges de la Charles River. D'après nos sources, ce n'est ni un suicide ni un accident qui serait à l'origine du décès, mais bien un acte criminel. Après le meurtre de Bonnie Thomson, celui d'Eliot fait craindre un tueur en série.

Un tueur en série ! Nathan manque de s'étrangler. La chaîne de télévision montre l'adolescent avec ses parents et ses sœurs. C'est L'Étudiant. Du moins, c'est ce qu'a prétendu le dingue qui le traque sur Internet. D'ailleurs, la mort de Jerry et de L'Étudiant coïncide respectivement avec celle de Bonnie et d'Eliot. La fatalité, seule, ne peut l'expliquer. Ce serait comme gagner au loto deux fois de suite ! Impossible… Un manipulateur, un assassin s'amuse sur Island. Seul problème : il double ses crimes dans la réalité !

Et si ce tueur était Tommy ?

— *Qui êtes-vous ? interroge Nat sans préambule.*
— *Vous, qui êtes-vous ? réagit l'agent Tommy.*
— *Je suis Nathan Barnett, Jr., répète-t-il avec hargne. Je suis prof de droit à Harvard et référencé comme tel. Je suis expert en droit pénal auprès du gouvernement. Tout cela est vérifiable, y compris sur Internet !*
Pas de réponse.

— *Et vous ? insiste Nat, fou de rage.*
— *Je m'en assure et je vous recontacte.*
Tommy coupe la communication.

Que faire en attendant ? À part les cent pas dans son bureau. Son regard s'arrête sur une vieille photo, calée sur une étagère. Il tient Lena dans ses bras, elle a trois ou quatre ans. Son visage à lui rayonne de bonheur. C'est si loin... Depuis, il y a eu le divorce et le choix de la garde alternée. Lena n'est avec lui qu'une semaine sur deux. Le reste du temps, il est devenu accro à la connexion. Mieux vaut ça que la drogue ou l'alcool ! Pas sûr... Nat n'est qu'une chimère, l'ombre de lui-même. Il devrait y mettre un terme. Et recoller les morceaux de son existence. Mais dans l'immédiat, il doit protéger sa fille, l'éloigner de ce dingue qui rôde autour de lui. La solution ? Ethel. Il compose le numéro de téléphone de son ex-femme. La sonnerie résonne plusieurs fois. Qui va décrocher ? Il ne sait pas grand-chose de sa nouvelle vie. Et Lena évite consciencieusement le sujet comme si elle avait deviné à quel point il lui fait mal. Les enfants ont un sixième sens.
— Allô ? s'inquiète une voix encore endormie.
Ethel. Il est soulagé.
— C'est Nathan.
— Nathan ! Que se passe-t-il ? Il y a un problème avec Lena ?
— Non, non ! Rassure-toi. Elle va bien, elle dort.
— Et toi ? Ça va ?

Il savoure la réaction d'Ethel. Il compte encore un peu à ses yeux.

– Écoute, j'ai un truc à régler, explique-t-il. C'est important. Ça m'arrangerait que tu récupères Lena.

– Nathan... qu'y a-t-il ?

– C'est compliqué. Je ne peux pas t'expliquer pour l'instant. Je te demande un service. Je sais que je te mets peut-être dans l'embarras, mais je n'ai pas le choix.

– Donne-moi vingt minutes et je suis là. Si je peux faire quelque chose pour t'aider...

– Merci, Ethel.

Elle raccroche. Dire que depuis des mois il s'est appliqué à la haïr, qu'il lui a fait endosser le rôle de la méchante, seule responsable de l'échec de leur mariage. Il s'est comporté comme un con !

Nathan entre dans la chambre de sa fille. Son souffle est régulier. Il la regarde un instant, attendri. À ses yeux, elle sera toujours ce petit bout de chou qu'il portait contre lui et qu'il câlinait. Elle aura beau grandir, elle restera son bébé. Un amour violent. Intense. Depuis le jour de sa naissance, il est terrifié à l'idée qu'il lui arrive quelque chose. Terrifié de ne pas être toujours là pour parer les coups. Et encore plus d'en être responsable... Il se penche et disperse quelques baisers dans son cou. Elle grogne et tire les draps au-dessus de ses épaules. Il chuchote des mots tendres à son oreille. Elle remue. Puis elle ouvre un œil.

– Papa ?

Il adore le terme et se le passerait en boucle.

– Chérie, tu dois te lever.

– Pourquoi ? C'est l'heure des courses ?

– Non, ma puce. Je suis navré, mais j'ai un dossier urgent qui me tombe sur les bras. Il faut que j'aille travailler. Maman vient te chercher.

Lena se redresse aussitôt, une moue de déception assombrit son adorable minois. Un coup d'épée dans le cœur de Nathan.

– Je te promets qu'on se fera une méga-fête quand j'aurai terminé.

– Mais c'est notre semaine ! s'écrie la fillette.

– Tu as raison, c'est notre semaine, et tu sais combien j'y tiens. C'est un cas exceptionnel. Les papas et les mamans ont parfois des obligations difficiles à gérer. Tu comprends ?

Lena acquiesce, radoucie. Elle est si mignonne.

– D'accord. Mais n'oublie pas la méga-fête !

– Parole de Sioux, répond-il d'un air grave. Allez, lève-toi, paresseuse, et habille-toi !

Lena est déjà sur ses deux pieds et range ses affaires. La sonnette de la porte d'entrée retentit. Nathan dévale les escaliers. Ethel. Son cœur se serre.

– Tu es certain que je n'ai pas à m'inquiéter pour toi ? questionne rapidement son ex-femme avant que Lena ne descende.

Nathan lui décoche un sourire réconfortant. Mais il ne la trompera pas.

– Tu as des ennuis…, constate-t-elle.

Lena les rejoint, faisant plus de bruit qu'un troupeau d'éléphants ! L'appartement va paraître de nouveau bien vide sans elle.

– Un bisou ! réclame Nathan.

Lena lui saute au cou. Elle s'accroche comme un petit singe. Puis il la repose sur le sol avec regret.

– Je te rappelle, dit-il à son ex.

– Tiens-moi au courant s'il te plaît, réplique-t-elle, le regard flou.

Nathan referme la porte sur les deux femmes de sa vie. Malheureux. Il se dépêche de regagner son bureau. Tommy a eu tout le temps de se renseigner sur son compte.

– *Je sais qui est Nathan Barnett, Jr., dit l'agent Tommy. Mais qui me prouve que c'est vous ?*

– *Vous le saurez en acceptant de me rencontrer.*

– *Et si c'était un piège ?*

– *Nat me ressemble, je l'ai créé à mon image. C'est une preuve, non ?*

– *Si vous dites la vérité, votre fonction à Harvard ne vous rend pas pour autant innocent.*

– *Tout comme votre job de flic à Island !*

– *Oh, oh ! c'est vous qu'on accuse de meurtre. Pas moi.*

– *Le jeu dérive, vous en êtes témoin. Vous ne pouvez pas regarder sans rien faire.*

– *Je ne suis pas un vrai policier. Allez frapper à la bonne porte.*

– *Vous devez m'aider. Je ne m'en sortirai pas tout seul. Et vous avez une mission à Island, c'est vous qui l'avez choisie.*

Le silence.

– *Quinze heures. Newburry Street. Au numéro 10, devant la galerie Barbara Krakow.*

– *J'y serai. Merci…*

Mais Tommy ne répond déjà plus.

12

Daniel Rhys fixe le médecin légiste sans ciller. Elle s'apprête à tout lui déballer.

— J'ai comparé les prélèvements du cadavre avec des échantillons du fleuve. Je vais te l'écrire noir sur blanc : la flore diatomique de la Charles River et les résultats des analyses de tissus humains et de sang ne correspondent pas. La concentration du marqueur ne concorde pas davantage avec celle connue dans le fleuve de Boston. Dunster ne s'est pas noyé dans la Charles River.

— Il était déjà mort lorsqu'il a été balancé sous le pont Harvard, tout comme Bonnie Thomson, s'émeut le policier. J'ai une question... Peux-tu savoir où le gosse a été tué ? Avec ta batterie de tests, il y a bien moyen de repérer le milieu qui coïnciderait avec les prélèvements effectués sur le gamin ?

— Je pense qu'il est mort noyé dans l'eau de ville de Boston. Les techniques sont limitées en cas de noyade en eau d'adduction urbaine, parce qu'elle est pauvre en diatomées et en strontium. Néanmoins, mes résultats sont fiables.

— Je te fais confiance.

Un léger sourire flotte sur les lèvres de la jeune femme. La fatigue marque ses traits.

— Tu as pu établir l'heure du décès ?

— Je te l'ai dit, l'immersion dans l'eau rend les choses plus difficiles. Néanmoins, tout porte à croire que la victime était déjà morte depuis quarante-huit heures environ quand elle a été découverte.

— Comme Bonnie Thomson.

— Exactement ! Bon, c'est pas tout mais je dois retourner dans mon service, annonce-t-elle. J'ai une flopée de cadavres à examiner. Crois-moi, on a affaire à un pic de mortalité à Boston !

Tandis que Donna Blumer s'éloigne dans le petit matin, un coursier débarque, précédé d'un horrible bruit de Mobylette, et lui tend une enveloppe kraft. Les photos du pick-up.

Daniel referme la porte derrière lui. Un dernier café, une douche, et il rejoindra son bureau sans tarder. Pas question de traîner. À l'heure qu'il est, le maire doit être sur les dents !

Posé sur la table, son portable se met à vibrer. Un sms, un *short message service*. Rhys déteste ça ! Un téléphone est conçu pour parler, pas pour écrire ! Ses petits-enfants ont bien tenté de le convaincre, mais en vain. Facile pour eux, ils grandissent avec de la technologie tout autour du ventre. Rhys attrape son portable, s'agace dessus, trafique les touches et parvient enfin à faire apparaître le message. « J'ai du nouveau. Contactez-moi dès que vous pouvez. Vince. » Daniel n'en croit pas ses yeux ! Le petit aurait dû l'appeler. Il imagine peut-être que le vieux pique une ronflette !

Rhys compose le numéro de Marini.

– Alors ? interroge-t-il de but en blanc.

– Le mieux serait que vous constatiez par vous-même, lieutenant.

Son enthousiasme est palpable.

– Où es-tu ?

– Au Web Café, sur Brookline Avenue.

– J'arrive !

Le Web Café est situé dans un secteur universitaire, l'endroit propice pour surfer sur Internet, tout en buvant un pot et en avalant un sandwich. Rhys pousse la porte de l'établissement. Des jeunes s'entassent devant les écrans. Le bruit lancinant des touches de clavier se mélange aux éclats de voix et au tintement des verres.

Vince lui présente le propriétaire, Ian Pearce. Ils échangent une poignée de main vigoureuse. L'homme affiche la trentaine, un large sourire désinvolte et un regard vif. Un duvet blond recouvre son crâne et accentue son teint pâle. Il n'est pas très grand, un mètre soixante-quinze tout au plus. L'apparente maigreur de son corps est vite éclipsée par la force et l'énergie qui en émanent, par ses muscles saillants. Pearce les conduit dans l'arrière-boutique.

— Bienvenue dans mon palace !

Le bureau est encombré d'écrans d'ordinateur, d'imprimantes, d'un scanner et autres machines inconnues de Rhys. Des câbles tapissent le sol et le policier doit prendre garde à ne pas s'emmêler les pieds.

— Ian est un as en informatique, déclare Marini. Y en a pas deux comme lui, croyez-moi !

Et pour confirmer le propos, il tend deux feuilles à son supérieur.

— J'ai passé l'âge des devinettes !

— La preuve que Bonnie Thomson et Eliot Dunster allaient tous les deux sur island.com ! répond fièrement le détective. Un jeu de rôles sur Internet, un monde virtuel très à la mode.

La piste reniflée par lui chez les Dunster. Malin, ce garçon.

— J'ai imprimé les fiches d'identité des personnages créés par Bonnie et Eliot sur Island, précise Ian Pearce. La description des créatures virtuelles est accompagnée des options choisies par les joueurs : nom, âge, statut socio-professionnel, adresse…

— Normalement, il faut un mot de passe pour obtenir

90

ces informations, précise Marini. Je vous l'avais dit, Ian est le meilleur !

– Que faut-il retenir de ces documents ? questionne Rhys.

– Bonnie Thomson résidait à Island sous le nom de Jerry. Elle y avait un job, un studio et un compte en banque, explique Ian Pearce. Eliot Dunster avait pour pseudonyme L'Étudiant. Il était en première année de droit sur le site.

– Il avait la permission de ses parents, reprend Marini. Le jeu est interdit aux moins de dix-huit ans. Il préparait son entrée à Harvard.

– Il faut continuer à creuser, grogne Rhys. Je veux en savoir plus. Et nous avons des spécialistes en informatique à la police, il n'y a aucune raison de faire appel à un civil. Je ne mets nullement en doute vos capacités, monsieur Pearce, mais…

– Lieutenant…, le coupe Marini, Ian dépasse de la tête et des épaules tous ces ronds de cuir ! Il maîtrise toutes les subtilités du système. Il vit dedans, il ne se contente pas de l'observer.

– Je suis à votre disposition, renchérit Ian Pearce. Vince est un copain.

– Tu as un autre argument, Marini ? Ou tu as grillé toutes tes cartouches ? Que ce garçon soit le gérant d'un Web Café ou qu'il soit un habitué de l'Internet n'en fait pas pour autant un enquêteur assermenté !

Vince se penche vers le lieutenant Rhys.

— Ian est diplômé du M.I.T., riposte-t-il. Le Massa-chusetts Institute of Technology. Vous voyez le niveau ? Il a hésité entre deux carrières : cybercriminel ou patron de bar. Dans le premier cas, il serait aujourd'hui milliar-daire.

— Ça m'aurait plu ! rigole Ian. Mais Vince m'en a empêché.

— Il est capable d'entrer dans les fichiers confidentiels du gouvernement des États-Unis d'Amérique, je ne plai-sante pas. Il est l'homme de la situation.

— Island, c'est du pipi de chat comparé aux sites du Pentagone !

Rhys soupire bruyamment. Ces deux gamins sont en train de lui vendre leur sauce. Mais pourquoi pas ?

— Entendu ! lâche le lieutenant.

— Formidable ! s'exclame Marini. Vous n'allez pas être déçu. S'il y a quelque chose à dégoter sur le site, Ian le trouvera.

— J'ai plusieurs questions, souligne Rhys avec autorité. Commençons par la première : est-ce que Jerry et L'Étu-diant se connaissaient... je veux dire dans leur monde virtuel ?

13

– Êtes-vous déjà entré dans un monde virtuel?
demande Ian.

– Pour moi, tout cela est pure science-fiction, avoue le
lieutenant Rhys, en haussant les épaules.

– Vous avez tort. Plus d'un humain sur dix consulte
ou crée des pages sur le Web. C'est une révolution
silencieuse! Téléphones portables, assistants personnels,
pagers, micro-ordinateurs, photo numérique, mp3, bases
multimédia, tous truffés de puces électroniques, capables
d'échanger de l'information, dépassent en quantité le
nombre d'habitants de cette planète. L'Internet gagne
tous les secteurs d'activité. C'est toute la vie des humains
qui circule dans les réseaux. Nous sommes déjà des avatars!

– Avatars? interrompt Rhys.

– C'est le nom des personnages créés dans les jeux de
simulation, des êtres illusoires, l'incarnation de leurs propriétaires. Lieutenant, sachez que bientôt un ordinateur
central connecté à Internet pilotera tous les médias à

votre domicile ! La scolarisation à distance et le télétravail prennent de l'ampleur. L'industrie des loisirs s'amplifie, avec la question épineuse du piratage. En vérité, notre vie quotidienne transitera demain par Internet : formulaires administratifs, réunions professionnelles, colloques, échanges commerciaux, rencontres amicales, relations sociales. Sans limites physiques ni géographiques !

– Vous me faites peur…

– Le cybermonde, le Réseau érigé en matrice originelle, voilà ce qui nous attend ! Vous avez des petits-enfants ?

Rhys a donc l'air si vieux…

– Oui.

– Quel âge a l'aîné ?

– Une dizaine d'années.

– Je suppose qu'il a un ordinateur et qu'il y a chez lui une connexion Internet ?

– En effet.

Ian émet un ricanement.

– Je vous parie qu'il pratique couramment, qu'il a son propre avatar. Les sites spécialisés pour les ados se multiplient comme des petits pains ! Pour eux, le monde virtuel et la réalité se confondent déjà…

Rhys est subitement inquiet pour son petit-fils. Quand cette affaire sera finie, il faudra qu'il l'emmène à la pêche.

– Je ne vois qu'une solution, conclut Ian Pearce. Pour en apprendre plus sur Jerry et L'Étudiant, il faut s'inscrire sur le site, créer un personnage et se mêler au jeu.

94

– Une fois sur place, intervient Marini, nous pourrons interroger ceux qui ont connu Jerry et L'Étudiant.

– Interroger des avatars? s'étonne Rhys.

– Ian saura nous guider, insiste Marini.

– Alors, mettez-vous au boulot! Que les choses soient claires: Marini, tu diriges, et vous, vous manipulez le curseur.

– Sauf qu'il y a un code et des coutumes à respecter, objecte Pearce. Si vous ne voulez pas qu'on se fasse repérer, il faut se fondre dans le jeu, paraître un des leurs.

Rhys sonde le jeune homme du regard. Il a l'air d'en connaître un rayon. Et Marini lui accorde toute sa confiance. Au point où ils en sont, et étant donné la particularité des meurtres commis, autant manoeuvrer avec Pearce.

– Allons-y, confirme le policier.

Ian acquiesce, tout sourires. Il a le profil d'un filou honnête, si ça peut exister. Plutôt sympathique, question de feeling. Avec Marini, ils font la paire.

– C'est parti! exulte Pearce.

Il tape l'adresse du site.

– Quel nom vous voulez donner à notre avatar? questionne Ian. Serpico?

– T'es dingue! s'écrie Vince Marini.

– Je plaisante!

Pearce éclate de rire. En voilà un qui est décontracté. C'est qu'il n'a pas vu les cadavres de Bonnie et d'Eliot…

– Paul, propose Rhys.

C'est le prénom de son petit-fils.

— Quelques minutes de patience et… bienvenue à Island ! Paul est dans la Tour d'orientation, porte d'entrée du paradis.

Bouche bée, Rhys se penche au-dessus de Ian.

— Allons à Vegas Avenue, commande Marini. C'est là que se trouve Free Fashion, la boutique où travaillait Jerry.

— Nous disposons de cinq cents dollars, annonce Pearce. C'est la somme remise à chaque nouvel arrivant. Mieux vaut en faire bon usage dans la mesure où nous ne chercherons pas à en gagner.

Paul attrape le bus et remet quelques pièces au conducteur en échange d'un ticket. Les rues défilent. La circulation est dense. Il y a des immeubles et des commerces. Des arbres et des jardins publics.

Un monde silencieux et froid, pense Rhys, malgré quelques effets sonores. Le policier frissonne ; il hésite entre émerveillement et répulsion.

Paul parvient à destination et déambule sur la très chic avenue. Il entre dans la boutique.

— Je peux vous aider ? Je suis le propriétaire.

— Je suis impressionné ! s'exclame Paul. Quelle collection !

Le patron de Free Fashion se tortille.

— Écris que c'est Jerry qui t'a poussé à venir, impose Marini. Précise qu'elle t'a souvent parlé de lui et du magasin.

Pearce tape le message prononcé par Paul.

– Mais attention! prévient Vince. Bonnie Thomson avait disparu depuis trois semaines. Ce type ne sait peut-être pas où est passée Jerry depuis tout ce temps.

– *Jerry! Mon Dieu… Pauvre petite! Renversée par une voiture. Un stupide accident. Elle est morte sur le coup.*

– Morte? C'est impossible…, s'offusque Ian. Les avatars peuvent disparaître du jeu si leurs créateurs le décident, mais rien d'autre.

– *Il y a deux jours. Vous n'avez pas lu la presse? Le journal a rapporté tous les détails de l'incident.*

– C'était jeudi! s'emballe Marini. Le jour même où Bonnie a été retrouvée morte.

– C'est surtout, comme tu dis, qu'elle avait disparu depuis trois semaines, reprend Rhys, l'air soucieux. Comment expliquez-vous que Jerry ait survécu tout ce temps-là?

14

Newburry Street est la rue la plus branchée de Boston. Boutiques de luxe, galeries d'art, bijouteries, restaurants gastronomiques s'entassent dans les bâtiments de grès de style victorien.

À cette heure de la journée, un samedi, c'est une véritable fourmilière. On vient pour acheter, pour voir et être vu. C'est dans cette rue que la mode se fait et se défait, là que les artistes en vogue exhibent leurs œuvres, et qu'il est agréable de s'asseoir à une terrasse de café pour contempler le spectacle.

Nathan est nerveux. Sa tête est pleine de ces images qui l'obsèdent : le corps désarticulé de Jerry, l'avatar percuté par sa Cadillac, et le visage bouffi d'Eliot Dunster. Les traits paramétrés de L'Étudiant, les détails de son apparence sélectionnés parmi les options du jeu se confondent dans l'esprit de Nathan avec ceux, bien humains, du jeune garçon. Et ces messages effroyables que reçoit Nat…

Il s'arrête au 10 Newburry Street devant la galerie Barbara Krakow. La boutique s'adresse aux très riches amateurs d'art moderne. Des stars comme Richard Serra ou Roy Lichtenstein y sont exposées, entourées d'étoiles montantes à la cote déjà élevée – bien trop pour le portefeuille de Nathan. Il a trente minutes d'avance sur le rendez-vous, de quoi faire monter la pression.

À quoi ressemble Tommy ? Il n'en a aucune idée. Nathan observe tous ceux qui approchent, admirent les toiles en vitrine, et finissent par s'éloigner. Mais rien...

Plus qu'un quart d'heure. Son rythme cardiaque crève les plafonds. Où est Tommy ? Et s'il ne venait pas ? Après tout, ils ne se connaissent pas, alors pourquoi l'aiderait-il ? Et si c'était lui l'assassin ? Nathan se sent brusquement vulnérable. Il ne peut plus se cacher derrière son écran d'ordinateur. Se planquer dans un monde virtuel. Vulnérable et seul. Il songe à Lena. À Ethel qui lui manque. À sa vie qui part en lambeaux. Il doit se sortir de cette affaire et dire adieu à Nat. Et surtout, se débarrasser de ce dingue ! Mais pas avant d'avoir compris ce qui se trame à Island.

Plus que deux minutes. Il viendra, il le faut. L'agent de police est le seul à penser que la mort de Jerry et de L'Étudiant n'est ni cohérente dans le jeu, ni naturelle. Il doute. Il se pose des questions. Il veut savoir.

– Nathan ? souffle une voix derrière lui.

Il se retourne brusquement. C'est impossible ! Non... La migraine revient et tape contre ses tempes. Sa tête va exploser. Il en a des vertiges, la nausée. L'angoisse est là, au creux de son ventre.

– Ça va ?

C'est impensable. Comment aurait-il pu songer à cette éventualité ? Pas une seule seconde elle ne lui a traversé l'esprit !

— Je suis Kelley, dit-elle en lui tendant la main. Ou plutôt Tommy, si vous préférez.

Une femme ! Tommy, le flic d'Island, est une femme. Quel monde absurde !

— On s'assoit quelque part ? propose-t-elle.

Nathan acquiesce. La fille est jolie. Ses cheveux bruns tombent en cascade sur ses épaules dénudées, effleurant sa peau mate. Ses yeux sombres l'observent sans détour. La silhouette est parfaite. Le jean et le tee-shirt à bretelles ajoutent une note sensuelle…

Ils s'installent à une table. Autour d'eux, les clients sirotent des cocktails colorés, dégustent d'énormes glaces.

— Un café, demande-t-elle.

— Deux, renchérit Nathan.

C'est le premier mot qu'il prononce depuis que Kelley est apparue. Mais la surprise est de taille.

— Vous êtes Tommy ? veut s'assurer Nathan.

Son regard étincelle.

— C'est moi ! Je pensais bien que vous n'étiez qu'un amateur. Votre réaction me le confirme. Vous n'y connaissez rien en mondes virtuels !

— Que voulez-vous dire ? s'indigne Nathan.

— De nombreux joueurs se travestissent, cherchent à être ce qu'ils ne sont pas dans la réalité. Et je ne parle pas que d'aspect physique, mais de caractère, de comportement. Beaucoup se font passer pour quelqu'un du sexe opposé. La technologie ne met pas à l'abri des supercheries, au contraire !

– Pourquoi ? Par plaisir de tromper ?

– Possible… J'ai lu que les hommes sont davantage prédisposés à ce genre de mystification, et que les femmes ont plus tendance à accorder le bénéfice du doute.

– Moi, j'ai lu que les menteurs finissent par ne plus savoir qui ils sont. Est-ce votre cas ?

La jeune femme éclate de rire.

– Pourquoi un homme ? insiste-t-il. Et un flic en plus !

– Mon père était policier, lâche-t-elle.

– Et alors ? Vous avez voulu marcher dans ses pas ?

– Il est mort quand j'avais quinze ans. Il a été tué en service. Une balle en pleine poitrine. Un petit malfrat sans envergure. Tout ça est si loin. Tommy me permet de le retrouver un peu. C'est plus agréable qu'une pierre tombale, non ?

– Disons que je vais croire à votre histoire… pour l'instant ! En consultant mon C.V. sur Internet, vous avez pris une bonne longueur d'avance sur moi.

– Harvard ! Et tellement passionné par votre métier que vous avez remis ça sur Island !

Nathan lui adresse un sourire piteux. Il le sait, il est totalement dépourvu d'imagination.

– Et vous ? Que faites-vous dans la vie ? demande-t-il.

– Je suis artiste peintre. J'ai quelques toiles exposées chez Barbara Krakow. Vous pourrez vérifier !

– Vous signez sous quel nom ?

– K.K. pour Kelley Kane.

– À mon tour d'être épaté.

Le visage de Kelley s'illumine.

– Quant à Island, qu'en dit le flic que vous êtes ?

– Si j'ai bien compris, rien ne prouve réellement qu'il existe un lien entre Jerry et Bonnie Thomson, L'Étudiant et Eliot Dunster, mis à part les messages qu'on vous a envoyés ?

– C'est vrai.

– D'autant que Bonnie Thomson avait disparu trois semaines plus tôt et le jeune garçon dix jours avant qu'on ne le découvre mort sous le pont Harvard. Or Jerry et L'Étudiant étaient encore en vie, eux. Vous avez écrasé Jerry le jour même où Mme Thomson a été abandonnée dans une rue de Boston.

– Et L'Étudiant était présent à la fac les jours qui ont précédé l'assassinat d'Eliot, poursuit Nathan.

– Un vrai tour de magie ! Tout du moins si ces avatars sont ceux de Thomson et Dunster. Vous avez peut-être affaire à une bande d'ados au comportement déviant. La plupart du temps, ce sont eux qui sèment la zizanie. Désinhibés par l'anonymat du jeu, ils éprouvent le besoin de se faire remarquer, de braver les interdits, de pilonner les règles. Quand ils se font repérer par les organisateurs, ces bad boys sont éjectés de la partie.

– Néanmoins, un petit détail ne colle pas avec cette théorie.

Kelley le dévisage calmement.

– J'ai reçu la photo de Dunster hier soir, avant que les journaux n'évoquent sa mort, et avant même que la police fluviale n'ait découvert le corps.

Kelley lui adresse un regard incrédule.

15

Poursuivre le jeu. Jouer pour voir, comme au poker. Mais surtout, l'absence de Nat pourrait provoquer la colère du tueur avec des conséquences non maîtrisables. D'autant que Nathan a vite fait le calcul : le détraqué lui a adressé un message jeudi et un autre vendredi soir... Doit-il s'attendre à recevoir un nouveau courrier dans les minutes qui viennent ? Y aura-t-il une troisième victime ? Pour répondre à ces questions, Nat est tenu d'être à son poste, et de patienter dans le confort de Cottage Lena.

L'appartement est désert. Nathan est seul à son ordinateur. Tout comme Nat, reclus chez lui. L'homme et son avatar partagent les mêmes sensations d'isolement et d'angoisse mêlés. Il n'y a rien d'autre à faire que de poireauter et d'espérer que le fou prenne contact.

Nathan fixe l'écran. Sa boîte aux lettres est désespérément vide.

Son personnage passe d'une pièce à l'autre de sa villa. Tout y est aménagé avec goût. Il a fait appel à une décoratrice réputée qu'il a payée le prix fort. Le résultat est à la hauteur.

Aujourd'hui, tout cela paraît dérisoire. Nathan ne voit plus en Nat qu'une image de synthèse, dont la mission consiste à croupir dans cette baraque, une proie enchaînée pour attirer le loup.

Une sonnerie retentit dans la maison.

Nat appuie sur l'interphone, relié à la grille d'entrée de Cottage Lena.

– Oui ? Qui est-ce ? demande-t-il.

– Bonjour, monsieur ! On m'a chargé d'un message pour vous...

L'angoisse l'étreint. Est-ce une nouvelle ruse du cinglé qui le harcèle ? Payer un coursier pour lui flanquer une lettre de menace ?

Il ouvre. Un homme d'une quarantaine d'années se présente à sa porte. Il est grand, blond, musclé, bronzé... stéréotypé.

– C'est magnifique chez vous ! s'exclame l'inconnu. Un vrai petit paradis sur Terre. Quelle chance !

Abruti ! Envoyer bouler cet intrus le démange...

– En effet, je suis tombé amoureux de cette bâtisse au premier coup d'œil.

– Vous n'avez pas dû être le seul.

Nat hausse les épaules. Cette conversation l'agace.

– Vous êtes remis ? poursuit le visiteur.

– De quoi ?

– Ben, de l'accident. C'est vous qui avez renversé Jerry, non ?

Nat se décompose.

– Comment le savez-vous ?

– Ça a fait la une du journal. Vous n'avez pas lu ?

– Je crois que vous avez un message pour moi, le coupe Nat.

– « Une autre va mourir. Par ta faute. »

Une troisième victime…

– Qui est derrière ce message ? s'énerve Nat. Pour qui travaillez-vous ?

L'inconnu lui adresse un sourire méprisant.

– Ça t'a plu, l'accident ? Belle émotion, hein ? Le corps que tu percutes, le bruit mou du choc, la femme désarticulée gisant sur le macadam… un spectacle de qualité, non ?

Nat est statufié. K.-O. debout.

– Je parie que ça te hante. Méfie-toi, Nat, quand on a reniflé le sang, on y prend goût !

– C'est vous…

– Je l'ai balancée sous ta voiture, j'ai noyé L'Étudiant dans son bain.

– C'est impossible…

– Un vrai régal !

– Et Bonnie ? Et Eliot ?

– C'était encore mieux. Bonnie… quelle salope ! Prête à se coucher dans mon lit. Si tu avais vu leur regard… Ils

106

m'ont supplié. Ils ont pleuré. Ils ont dégueulé leurs tripes. Ils se sont même pissés dessus !

– Vous êtes monstrueux...

– Ne te trompe pas ! C'est toi le responsable de leur mort. Sans toi, rien ne serait jamais arrivé.

– Je ne vous connais même pas !

– Tu en es sûr, Nathan Barnett, Jr. ?

– Mais qui êtes-vous ?

– Ton pire cauchemar !

Et l'assassin glisse rapidement la main sous sa chemise, en sort un flingue, le vise entre les deux yeux.

– Tu as peur de mourir ? se moque-t-il.

Nat se fige, stupéfait. La sensation de l'acier froid contre son front est bien réelle. Il est paralysé. Et si le type appuyait sur la détente ? S'effondrerait-il, une balle dans la tête, la cervelle explosée ? Éliminé du jeu. Un meurtre en direct.

– Il ne s'agit que de Nat.

– Quelle différence ?... Nat ou Nathan, je vous briserai tous les deux.

L'arme au poing, le criminel ouvre une fenêtre du salon, puis disparaît.

Nathan est sous le choc. L'enfoiré est venu jusqu'à Cottage Lena pour le menacer. Sauf que Boston n'est pas Island. Commettre des crimes dans la réalité ne peut pas être aussi simple que sur le site. Pourtant, le tueur connaît son identité véritable.

Il compose le numéro de Kelley. Elle décroche immédiatement.

— J'ai un nouveau message, déclare-t-il d'une voix sinistre. « *Une autre va mourir. Par ta faute.* » Cette fois, l'assassin l'a porté directement chez Nat.

Il croit entendre un juron.

— De mon côté, dit-elle, j'ai envoyé Tommy chez Free Fashion, la boutique où Jerry travaillait. Drôle de nom pour une marque de vêtements, non ? Comme si la mode était porteuse de liberté ! Bref, Tommy a interrogé une collègue de Jerry. Elles étaient très proches jusqu'au moment où Jerry s'est mise à changer de façon significative. C'était trois semaines avant l'accident. Plutôt timide, attentionnée, elle draguait alors franchement, fichait le camp avec des inconnus en pleine soirée sans prévenir personne. Elles ont fini par se disputer. Quant à L'Étudiant, il n'était plus le même, des copains de fac ont craché le morceau à Tommy.

Nathan feint d'ignorer la remarque. Il n'est pas censé avoir espionné le policier dans l'immeuble de L'Étudiant, le soir de la découverte de son corps, ni même avoir entendu des élèves témoigner des sautes d'humeur de leur copain.

— J'en étais sûr ! Quelque chose de curieux est en train de se passer.

— J'ai contacté ma mère. Elle m'a remis les coordonnées d'un ex-collègue de mon père, un homme qu'elle voit régulièrement. Elle dit qu'on peut avoir confiance.

– On le rencontre quand ?

– Tommy finit son service à vingt-deux heures trente. On a rendez-vous dans la foulée.

– Malheureusement, il est sûrement trop tard pour la troisième victime...

16

Le téléphone devrait sonner d'une minute à l'autre. Rhys attend une réponse capitale pour la suite de l'enquête. Il n'est plus question d'agir en solo. L'agent spécial Scott Emerick, responsable du bureau du F.B.I. de Boston, ne va pas tarder à le rappeler.

Rhys n'avait plus le choix. Seul le F.B.I. est habilité à coordonner les recherches qui dépassent les frontières d'un État, et l'Agence est compétente en matière d'enlèvement dès lors que le crime revêt un caractère particulier. S'il n'avait pris l'initiative de joindre le F.B.I., sûr que ça lui serait revenu en boomerang. D'autant qu'il a senti le chef de la police et le maire impatients de partager la charge et les risques du dossier avec le ministère de la Justice. La presse ne les lâche plus et la population révoltée réclame un coupable. Rhys est sous pression maximum, mais il a trop d'expérience pour que ça change quoi que ce soit à sa méthode de travail.

Il examine pour la énième fois la cartographie des forêts de conifères de la région. Sont indiqués plus précisément les peuplements d'épinettes rouges, nommées *Picea rubens*, dans un rayon raisonnable autour de Boston. La Nouvelle-Angleterre et les États limitrophes sont concernés. Néanmoins, le *chrysomyxa*, cette maladie découverte sur les aiguilles enfoncées dans la plante des pieds de Bonnie Thomson, n'a pas été dépisté récemment.

Seule certitude de la police scientifique : les arbres incriminés ne poussent pas à Boston. Bonnie Thomson a foulé de ses pieds nus un autre sol que celui de la ville.

Eliot Dunster, lui, s'est noyé dans l'eau d'adduction de la capitale de la Nouvelle-Angleterre.

Première déduction : le meurtrier a la bougeotte.

Deuxièmement, c'est un homme. D'abord parce qu'il a fallu une certaine force physique pour enlever Bonnie et Eliot, les tuer et les transporter. Ensuite parce que sa pointure est du 43, *dixit* les empreintes des Doc Martens.

Troisièmement, il possède plusieurs voitures. Un pick-up noir, genre Chevrolet Silverado, équipé de pneus Goodyear. Les deux témoins de Battery Street l'ont confirmé. C'est dans cette camionnette qu'il a déplacé les corps de Thomson et Dunster. Des empreintes de roues différentes ont été relevées sur le cadavre écrasé de la jeune femme : des pneus de la catégorie performance Bridgestone Potenza G009. Nombreux sont les fabricants automobiles qui montent cette pièce sur leurs berlines. Impossible donc de savoir quelle marque de voiture conduisait l'assassin de Bonnie Thomson. Une chose est acquise : il a les moyens d'entretenir au moins deux véhicules.

Les autres indices n'aboutissent à aucune piste sérieuse : le portrait-robot du type vu en compagnie de Bonnie au Four Seasons, les fibres en laine recueillies dans les cheveux et sur la robe de la jeune femme, les échardes dans ses doigts, la terre battue sur son corps, et les graviers en granit enfoncés dans les plaies – même s'ils sont produits dans les carrières du New Hampshire – ne fournissent aucun élément à charge. Pour l'instant. Le puzzle se construit à force de patience et de détermination. Le salaud va bientôt flairer l'odeur du chasseur à ses trousses, et trembler comme ses victimes.

La sonnerie du téléphone, enfin. Rhys décroche.

– Lieutenant, on avance du côté d'Island.

Vince Marini n'a pas dormi depuis des heures.

– Vous avez découvert ce que l'avatar de Bonnie Thomson faisait de son argent ? questionne Rhys.

– Ian a pu accéder à la liste des objets que possédait Jerry : raquettes, balles, tenues de sport, baskets. Elle était inscrite au club d'Holytown.

– Bonnie jouait au tennis, n'est-ce pas ? coupe le lieutenant.

– Exact. Elle a continué sur le site. On a donc comparé les noms des membres du club d'Holytown avec la liste des amis de Jerry.

112

– Vous savez qui étaient ses amis à Island ? s'étonne Rhys.

– Il existe un répertoire. Bonnie y a enregistré les noms de ses contacts privilégiés de manière à pouvoir établir une communication rapide avec eux. Les amis ont aussi des facilités pour se téléporter les uns vers les autres.

– Si tu me racontes tout ça, c'est pas pour rien, j'imagine.

– Elle fréquentait un type depuis quelque temps, balance Marini. Un certain John. Leurs conversations étaient devenues intimes.

– C'est-à-dire ?

– Jerry se plaignait de la morosité de sa vie.

– Et de son mari ? demande Rhys.

– Non, jamais. Bonnie essayait de ne pas mélanger ses vies réelle et virtuelle. Mais John a dû percevoir le malaise.

– La faille dans la carapace…

– Bonnie était mélancolique, fragilisée. C'est évident à la lecture des messages.

– Pearce peut savoir qui est John ?

– Il va essayer.

– Et du côté de L'Étudiant ?

– Le cas est plus simple, ce n'était pas un résident d'Island, mais un simple visiteur. Il se contentait de suivre les cours de droit à Harvard.

– Eliot Dunster n'a donc pas trahi l'accord passé avec ses parents, commente Rhys.

— Il n'a pas dévié d'un poil. Et aucune trace d'un lien quelconque entre Jerry et L'Étudiant.

— Autre chose ?

— Bien sûr.

— Tu as le don de faire durer le suspense !

Marini glousse dans le combiné.

— Ian a récupéré le journal d'Holytown rapportant l'accident de Jerry. Le conducteur qui l'a renversée s'appelle Nat. On sait où il crèche.

— Vous avez retrouvé son identité ? presse le lieutenant.

— Non ! On connaît son adresse sur Island. Mais il y a encore mieux. Ce Nat est prof de droit à Harvard, et L'Étudiant était inscrit à son cours !

— Bon sang ! Un point commun entre Jerry et L'Étudiant...

— Envoyons Paul chez Nat pour le sonder.

— La prudence est de mise, souligne le lieutenant. On ne connaît pas son rôle dans cette affaire. Qui nous dit que ce n'est pas le meurtrier ?

— J'en ai conscience. Mais c'est la seule solution. En tout cas, la plus rapide.

— D'accord, vous avez mon feu vert. Tiens-moi au courant dès que tu as quelque chose.

— À n'importe quelle heure de la nuit ! J'ai retenu la leçon. Et si vous êtes en phase de sommeil profond, je laisse sonner plusieurs fois !

114

– Très drôle ! Tu devrais te méfier, Vince. Les vieux, ça s'accroche.

Rhys coupe la communication sur les éclats de rire du détective.

Dans le silence de la pièce, Rhys n'entend que le ronronnement des cafetières et les pas feutrés de l'équipe de nuit.

Mais que fout le type du F.B.I. ? Ils ont passé plus d'une heure au téléphone cet après-midi. Ensemble, ils ont évoqué les différents éléments de l'enquête, envisagé la suite des opérations. Emerick est un type carré, et Rhys ne déteste pas travailler avec lui. Le bureau de Boston n'est pas très étoffé : l'agent spécial, quatre assistants et trois administrateurs. Néanmoins, n'importe quelle agence du F.B.I. est capable d'enclencher des moyens que toutes les polices du pays lui envient. C'est une force de frappe inégalable dans la lutte contre la criminalité. Cinq milliards de dollars de budget annuel, ça parle !

Le téléphone sonne.

– Agent spécial Emerick. Désolé de vous rappeler si tard mais votre affaire m'a donné du fil à retordre.

Rhys apprécie la formule. « Votre affaire » signifie que le F.B.I. n'a pas l'intention de dessaisir purement et simplement la police de Boston de l'enquête. On s'achemine vers une collaboration. Tant mieux.

– Je vous en prie, répond le lieutenant, rassuré.

115

— J'ai pris attache auprès des chefs de police des États concernés par la recherche d'épinettes rouges atteintes de *chrysomyxa*. Demain à l'aube, des unités au sol et des patrouilles aériennes vont contrôler les forêts.

Rhys a le cœur qui tambourine dans la poitrine. Des hélicoptères Mac Donnell Douglas, Sikorski ou Bell, aux couleurs de leurs polices d'État, vont survoler les zones à risque. Le matériel embarqué sera d'une aide précieuse : des projecteurs, dont la puissance équivaut à quelque trente millions de bougies allumées en même temps, des caméras infrarouges, ou encore un système de localisation par satellite.

Le grand jeu.

Mieux qu'à Island.

Rhys se demande ce qu'en penserait le criminel.

17

– Bonsoir ! Désolé de vous déranger à une heure si tardive, mais je suis un ami de Jerry et j'aurais aimé vous parler. C'est important pour moi.

Nat est stupéfait. Décidément, les avatars se bousculent à la porte de Cottage Lena ce soir. Après le criminel, ce type qui prétend connaître Jerry.

– Qui êtes-vous ?

– Je m'appelle Paul. Mon nom ne vous dira rien. Mais vous pouvez demander au patron de Jerry, il me connaît.

Nat hésite puis se décide à ouvrir. Après tout, ce Paul peut lui fournir des informations. Il ne se souvient pas que l'agent Tommy ait eu affaire à lui. C'est donc un nouveau témoin.

Il sort sur le perron de sa villa pour accueillir Paul. Il est jeune, bien plus jeune que Jerry. Une mèche blonde tombe sur son front, l'effet est étudié.

– Entrez, je vous en prie.

L'avatar acquiesce poliment. Nat l'invite dans la cuisine et lui propose un café virtuel.

– Cet accident me poursuit encore. Je n'ai rien pu faire pour l'éviter. J'ai bien freiné, mais c'était trop tard. Elle s'est littéralement jetée sous mes roues.

– C'est horrible… Pourquoi a-t-elle fait ça ? Elle et moi avions communiqué la veille et rien dans ses propos ne laissait présager son acte.

– De quoi parlez-vous ?

– C'est vous qui venez de supposer qu'elle s'était suicidée ! s'exclame Paul. Je trouve ça curieux. Nous sommes à Island. C'est ridicule.

– Quelqu'un aurait pu la pousser.

– Quoi ? C'est grave ce que vous dites !

– Quelqu'un qui la connaissait…

Paul se renfrogne.

– Vous êtes prof de droit à Harvard, c'est bien ça ? balance-t-il.

Nat sursaute. Quel rapport avec Jerry ?

– L'Étudiant était inscrit à votre cours, dénonce Paul.

Nathan est bouche bée. Qui est ce type ? Que lui veut-il ? Le téléphone sonne dans son bureau et son rythme cardiaque s'emballe brusquement. Il est à fleur de peau. Il décroche.

– Nathan ? C'est Chris.

– Oui, parvient-il à murmurer, hypnotisé par l'écran de son ordinateur.

– Ethel m'a appelé.

Obnubilé par son tête-à-tête avec Paul, Nathan ne réagit pas.

— *Vous aussi vous connaissiez L'Étudiant ?*

— *Il est mort, comme Jerry,* rétorque Paul. *Noyé dans son bain.*

— *Vous êtes bien renseigné !*

— *À votre avis, c'était un accident, un suicide ou un meurtre ?* provoque Paul.

— Il paraît que tu avais une sale tête, reprend Chris. Ethel s'inquiète carrément. Si tu as un problème, je veux savoir de quoi il s'agit.

— Je suis dans la merde, Chris, chuchote Nathan comme si Paul pouvait l'entendre.

— Bon sang, que se passe-t-il ?

— C'est Island…

— Quoi, Island ? hurle Gahan dans le téléphone.

— Ça déconne à bloc. Il y a des avatars qui me veulent du mal…

— Des avatars qui te veulent du mal ? balbutie son ami. Qu'est-ce que tu racontes, Nathan ? Tu as pété un câble !

— Il y en a un, là, chez moi, qui me pose des questions bizarres. Tu as entendu parler de Bonnie Thomson et d'Eliot Dunster ?

— Tout Boston est au courant.

— C'est moi qui ai écrasé la fille.

— Bonnie Thomson ? s'écrie Gahan.

— Mais non ! Jerry, son avatar.

Christopher reste sans voix. Nathan réalise que l'histoire n'est pas crédible.

– Écoute, Chris, je ne suis pas dingue et je peux te le prouver. Il faut que tu me croies sur parole.

– Que veux-tu que je fasse pour t'aider ?

– Peux-tu retrouver l'identité d'un joueur à partir de son avatar ?

– Il y a des techniques, oui.

– Alors viens. J'ai besoin de toi.

– Essaie de retenir celui avec qui tu chattes, conseille Gahan.

– Je vais faire mon possible.

– J'arrive.

– *Vous avez tué Jerry, et L'Étudiant était dans votre cours !* accuse Paul.

– *Je n'avais jamais rencontré Jerry avant l'accident, s'énerve Nat. Et j'appréciais L'Étudiant, un élève brillant. Je n'avais aucune raison de lui vouloir du mal !*

– *Je m'interroge seulement sur leur mort. Si on élimine la thèse du suicide, et celle de l'accident, alors que faut-il envisager d'autre ?*

– *Des meurtres, vous l'avez dit !*

– *Et qui les aurait tués ?* harcèle Paul.

– *Vous !*

– *Ben voyons ! J'aurais plutôt parié que vous étiez le suspect idéal. D'ailleurs, quelle est votre pointure ? La vôtre, pas celle de votre avatar !*

La question lui fait l'effet d'un uppercut. Nat est assommé. Sa pointure ! La sienne, la vraie... pourquoi ? C'est quoi ce délire ?

– Avez-vous tué Jerry et L'Étudiant ? l'agresse Paul.
– Non !
– Quelle est la marque de votre voiture ?
– Allez vous faire foutre !
– Je vous ai à l'œil désormais. Je ne vous lâcherai pas.
Paul claque la porte de Cottage Lena et disparaît.

Nathan n'en revient pas. C'est le monde à l'envers ! Il est paralysé, recroquevillé sur son siège. Soudain, une petite enveloppe s'affiche à l'écran. Nathan s'empare de la souris et place le curseur sur le logo.

C'est Tommy.

18

Le ciel étoilé enveloppe Holytown, la capitale d'Island, d'une douce torpeur. Au volant de son véhicule de patrouille, l'agent Tommy bifurque au coin d'une rue et se retrouve face au jardin public. De nombreuses voitures de police stationnent aux abords de la pelouse, leurs phares illuminent l'herbe fraîchement coupée, les arbres touffus et la fontaine sculptée en forme de coquillage. La zone est envahie de flics et de moineaux. Des centaines d'oiseaux bruns et beiges tournoient au-dessus du square.

Nat est l'un d'eux, Tommy vient de lui souffler l'idée. Il s'est métamorphosé en volatile espion, et se fond dans le décor. Mais d'autres que lui, sûrement, se dissimulent sous les traits de l'animal. Le tueur peut-être ?

Tommy abandonne son auto et se hâte de rejoindre ses collègues. Le commissaire principal le repère et se précipite vers lui.

— Agent Tommy ! s'écrie-t-il. Venez voir ! Elle est là…

Il désigne le bosquet d'un doigt tremblant. La stupeur et la panique déforment son visage. Nat s'approche à coups d'ailes et la voit. Une corde autour du cou, pendue à une branche. Le regard vitreux, la tête penchée sur le côté, la langue sortant légèrement de la bouche. Nat reconnaît Lise, une amie. Bouleversé, il se pose à quelques centimètres du corps. Pourquoi le criminel s'en est-il pris à cette femme ? Pour mieux l'atteindre lui ?

– Difficile de parler d'accident ou de suicide cette fois-ci, prononce Tommy.

– Et pourquoi pas ? réagit le commissaire.

– Je ne m'attarderais pas sur la thèse de l'accident, rétorque Tommy. Vous comprendrez pourquoi…

– Et elle n'a pas pu grimper jusqu'à cette branche, intervient Kevin en mâchonnant son éternel chewing-gum. Je ne vois aucune échelle.

– Elle a peut-être volé ? réfléchit tout haut le commissaire.

– Et L'Étudiant s'est peut-être maintenu sous l'eau pour se noyer, comme Jerry s'est peut-être jetée sous une voiture ! s'exclame Kevin, le regard étincelant, prêt à dégainer.

– Je suis d'accord avec lui, approuve Tommy, surpris par la réaction de son collègue. Qui est-ce ?

– Lise, répond le commissaire. Agent immobilier sur la marina.

Tommy laisse échapper un sifflement admiratif : louer ou posséder quelques mètres carrés dans le quartier du port de plaisance est un signe de réussite sociale.

– De mauvais joueurs sèment le trouble dans notre

monde, accuse subitement le commissaire principal. Il faut que ça cesse ! Je vais en avertir les concepteurs d'Island.

– Que pourront-ils faire ? questionne Tommy. Éjecter les responsables ?

– Exactement ! assène le commissaire. Ils désobéissent à la règle de non-agression. Le fondateur d'Island est tout-puissant. Avec son aide, les choses vont rentrer dans l'ordre.

– Si vous le dites, grommelle Kevin, un rien ironique.

– Que fait-on de Lise ? demande Tommy.

– Embarquez son corps ! ordonne leur supérieur. On en a assez vu.

– Je m'en occupe, propose Kevin.

Sa chaîne en argent miroite à la lumière des réverbères. Nat est aveuglé. De toute façon, il n'a plus rien à faire ici. Il regarde une dernière fois le cadavre de Lise avant de survoler le parc si bien entretenu. Il s'engouffre dans les rues d'Holytown, pressé de retrouver l'agitation de la ville.

Sur les façades d'immeubles, les spots publicitaires se sont multipliés comme des petits pains. Il les observe comme s'il ne les avait jamais vus. Le réel empoisonne déjà cet univers idéal. L'affairisme est partout et les signes extérieurs de richesse reprennent le dessus.

Il y a pire. Les jeux d'argent, la prostitution, la drogue et la politique se propagent. Le ver est dans la pomme. Et les hommes aiment la croquer, c'est bien connu. Il paraît même qu'un groupe d'individus s'organise pour obtenir la reconnaissance de la nation virtuelle. Pourquoi ne pas exiger une représentation à l'O.N.U. tant qu'ils y sont!

— Nathan? entend-il hurler depuis le rez-de-chaussée.

Il bondit hors de son siège et se précipite. C'est Chris.

— Tu as laissé la porte ouverte. J'ai sonné plusieurs fois mais sans réponse.

— Un autre avatar est mort! Assassiné, comme les autres!

— Quoi? Qu'est-ce que tu racontes? Qui a été tué?

— Lise. Je suis dans la merde, Chris. Vraiment.

— D'accord. Je suis là. On va regarder ça ensemble.

Ils grimpent à l'étage et s'assoient devant l'ordinateur.

— Tout à l'heure, un avatar s'est pointé chez moi et il m'a appelé par mon vrai nom. Comment a-t-il su?

— Je te l'ai expliqué l'autre jour, il y a deux manières d'identifier un utilisateur sur Internet. L'adresse e-mail et l'adresse IP. Island exige la première à l'inscription, c'est un risque. L'adresse IP, c'est l'équivalent d'une adresse postale. Lorsque tu te connectes à Internet, ton fournisseur d'accès t'en attribue automatiquement une. Elle peut être fixe ou à chaque fois différente, mais dans tous les cas elle est facile à déterminer. Dès qu'on obtient l'une des deux adresses, c'est un jeu d'enfant de découvrir le nom et les coordonnées de l'internaute.

— À partir d'un avatar, tu peux repérer l'une de ces adresses?

– C'est possible.

– Et à partir du nom d'un personnage ?

– On peut détecter son propriétaire. Il faut seulement maîtriser les outils informatiques.

Christopher sourit de toutes ses dents.

– Sur qui veux-tu mettre la main ?

– Sur cet inconnu, et sur un certain Paul, qui m'ont tous les deux rendu visite à Cottage Lena.

– J'ai lu le compte rendu de l'accident de Jerry, articule Gahan. Je ne pouvais pas imaginer que tu étais Nat. Tu es sûr que Jerry était la création de Bonnie Thomson ?

– Malheureusement oui.

– Aux infos, ils ont dit que la fille avait disparu depuis trois semaines…

– Je sais : comment l'avatar Jerry pouvait-il être en jeu si Bonnie Thomson n'accédait plus à Island ?

– Logique comme question, non ?

– C'est un piège, souffle Nathan, ébranlé.

– Contre qui ? Toi ?

– Il a sous-entendu que j'avais quelque chose à me reprocher.

– C'est impossible !

– Et il y a cet avatar, L'Étudiant, retrouvé mort noyé dans son bain. Il était l'un de mes élèves.

– Tu es prof à Island ? s'étonne Gahan. Ne me dis pas que tu enseignes à Harvard !

– Justement, si.

126

– Oups! Moi, je suis routier. Je voyage et je transporte des auto-stoppeuses!

Gahan lui adresse un clin d'œil éloquent.

– L'Étudiant était l'avatar d'Eliot Dunster, déclare subitement Nathan.

Chris fronce les sourcils.

– La police est au courant? demande-t-il.

– J'ai rendez-vous ce soir. Dis-moi, si tu cherchais à connaître mes habitudes sur Internet afin de me porter tort, tu saurais comment t'y prendre?

– Je vais vérifier si un logiciel espion a été installé sur ton ordinateur.

Gahan pose ses mains sur le clavier et ses doigts s'agitent habilement. Il ne quitte pas l'écran des yeux. Il se penche vers l'unité centrale et y glisse un cd-rom. Nathan ne comprend rien à ces manœuvres. Gahan les ponctue de jurons et de soupirs.

– Aucun virus sur ta bécane! prononce-t-il enfin. Tu ne sembles pas sous surveillance, ni sous contrôle. Connectons-nous maintenant. Il me faut ton mot de passe. Je parie que c'est «Lena», suivi de sa date de naissance.

Nathan est ahuri.

– Trop facile!

Gahan entre sur Island en empruntant l'identité de Nat. Il tente quelques manipulations qui n'ont pas l'air de le satisfaire. Il s'évertue. Puis jette l'éponge.

– Ces joueurs ont placé des pare-feu inhabituels,

annonce-t-il. Manifestement, ce sont des pros et ils souhaitent rester anonymes.

— Il y a bien un moyen…

— Il y en a toujours un.

Le téléphone sonne. Nathan décroche.

— C'est moi, dit Kelley.

— Je connaissais Lise, balance-t-il d'une voix morne. C'est elle qui m'a vendu Cottage Lena. C'est complètement dingue ! Est-ce que ça signifie qu'une autre femme a été assassinée à Boston ?

— On le saura bientôt.

— Il est urgent d'en parler à la police.

— Retrouvez-moi devant la Boston Public Library dans une demi-heure.

— J'espère que le collègue de votre père croira en notre histoire et qu'il acceptera de nous donner un coup de main, lâche Nathan.

— Quand on évoquera Bonnie Thomson et Eliot Dunster, nul doute que ça va faire bouger du monde ! Je me dépêche de terminer le service de Tommy. À tout à l'heure.

— Qui est Kelley ? interroge Christopher Gahan.

— L'agent de police Tommy à Island. J'ai rendez-vous avec elle, je dois y aller.

— Qu'allez-vous faire ? s'affole Chris.

— Rencontrer un vrai flic. Je n'ai plus le choix.

— Tu as raison. Cette affaire nous dépasse. Tu as confiance en elle ?

– Je n'en sais rien. Je ne suis plus sûr d'avoir confiance en qui que ce soit.

– Fais gaffe, Nathan. Ça sent mauvais.

– Peux-tu rester ici et surveiller la messagerie de Nat ?

– Bien entendu. Et je vais continuer à bidouiller sur ton ordinateur pour trouver des réponses.

– Ce serait intéressant de découvrir aussi qui se cache sous les traits de Lise.

– Je m'en occupe. Je t'appelle s'il y a quoi que ce soit.

Nathan s'échappe de son appartement, la peur au ventre.

19

L'imposante façade de la bibliothèque publique de Boston apparaît devant lui. Kelley est assise sur les marches, dans la lumière des lampadaires de Boylston Street. Il freine. Elle se redresse et vient à sa rencontre. Elle tient serrée contre elle un sac à main qu'elle porte en bandoulière. Elle se penche à sa vitre. Ses traits sont crispés.

— Où allons-nous ? demande Nathan.

— Chinatown.

— Montez.

Elle contourne le véhicule et s'installe sur le siège avant.

— Nous avons rendez-vous au China Pearl, un restaurant sur Tyler Street.

— Je connais, rétorque Nathan. Je suis fan de raviolis et de beignets chinois.

Il lui sourit, espérant détendre l'atmosphère.

— J'ai côtoyé Lise, c'est vrai, reprend-il plus sérieusement. Nous avons sympathisé lorsque j'ai acheté Cottage Lena.

Kelley soupire, sans quitter Nathan des yeux. Il reporte son attention sur la route et démarre.

– J'ai renversé Jerry et Bonnie a été retrouvée écrasée sur Battery Street. L'Étudiant s'est noyé dans son bain et la brigade fluviale a découvert le corps d'Eliot sur les berges de la Charles River. Lise est morte pendue...

– Ça laisse supposer plusieurs cas de figure, coupe Kelley. Le joueur qui se cache derrière Lise va lui-même finir pendu, étranglé, étouffé, ou décapité... allez savoir !

– Je n'en sais rien, en effet. Je vous trouve bien cynique.

– Il y a de quoi !

Dans le secteur animé de Chinatown, Nathan se dégote une place à deux pas du restaurant. Tentures rouges, dragon en cuivre, chaises dorées. Un brouhaha infernal se répercute en écho dans la tête de Nathan et lui donne déjà la migraine. Les odeurs de poulet et de porc à la vapeur sauce barbecue, spécialités du chef, remplissent ses narines.

– Une table pour deux ? demande un serveur.

– Non, répond Kelley. Un certain Walter Devon a réservé pour trois.

– Il est là. Veuillez me suivre.

Ils circulent entre les tables, évitent les chariots gorgés de nourriture et poussés par de jeunes Asiatiques à la beauté frêle. Un type est assis, seul, dans un coin. La soixantaine, les cheveux blancs et les pommettes rouges, il se lève pour les saluer. Il a le ventre bedonnant, les mains épaisses.

– Kelley! s'enthousiasme-t-il.

Elle lui renvoie un sourire charmeur.

– Ce que tu peux ressembler à ta mère! Jolie comme un cœur... On déjeune ensemble de temps en temps, elle te l'a dit? On discute de ton père et elle me donne de tes nouvelles. Qu'est-ce qui t'amène?

– Bonnie Thomson et Eliot Dunster.

Le flic manque de s'étrangler avec une chips aux crevettes.

– Qu'est-ce que tu as à voir avec eux? interroge-t-il, subitement moins détendu.

– C'est une histoire à dormir debout, prévient Kelley.

– Plus rien ne m'étonne, crois-moi. Je t'écoute.

Kelley pose les yeux sur Nathan. C'est le signal. Il commence à parler tandis qu'un serveur leur apporte des cocktails. Il tente de garder son calme mais l'angoisse fait accélérer son débit. Une fille leur sert les flans aux œufs et les raviolis pékinois en entrée. Walter Devon ingurgite son plat en trois coups de fourchette; rien ne lui coupe l'appétit. Kelley écrase le flan avec sa cuillère, la tourne inlassablement dans la mixture. Nathan ignore ses raviolis qui refroidissent. Il vide son sac. Le flic lève parfois un sourcil broussailleux, perdu entre le monde virtuel et la réalité. Nathan explique tant qu'il peut, monte le ton, essaie de bien faire comprendre le piège qui se trame. Une Chinoise pose les crabes Rangoon et les crêpes aux échalotes sur la table. Le policier repousse son assiette. Lorsque Kelley relate l'épisode du jardin public, le corps de Lise pendu à un arbre, Devon lâche enfin ses couverts. Touché, coulé… Il essuie sa bouche avec une serviette, se racle la gorge et les considère tour à tour.

— C'est Daniel Rhys qui pilote l'affaire, lance-t-il. Il a connu ton père. C'est un très bon. Y a pas photo, faut que vous alliez le voir. C'est pas d'mon ressort.

— Mais vous nous croyez ? s'inquiète Nathan.

— Quelle importance ? Dans ma carrière, j'en ai vu de toutes les couleurs. Des bobards, et les plus tordus qui soient, j'en ai aussi entendu un paquet. À Rhys de se faire une opinion.

— Et où peut-on le trouver ? questionne Kelley.

— J'vais pas vous abandonner comme ça, les gamins ! Ne bougez pas. J'vais dehors pour l'appeler. Je reviens dans deux minutes.

Il sort de table, se dirige vers la sortie d'une démarche faussement empotée, et disparaît. Puis il saisit son téléphone portable dans la poche de son veston. Il tape le numéro de Rhys.

— Salut, Daniel ! C'est Walter.

— Tu as vu l'heure ?

— C'est important.

— Je t'écoute.

— J'ai deux loustics avec moi, reprend Devon. Ils prétendent tout savoir de Bonnie Thomson et d'Eliot Dunster.

— Comment ça, tout savoir ?

— Que les deux victimes jouaient sur Island. Que leurs personnages de dessin animé ont cassé leur pipe en premier.

Rhys déglutit.

— La meilleure c'est qu'il s'agit de Kelley Kane, la fille de l'ancien flic. On l'a tous connue minot.

— Kane… ça fait une paye.

— Ouais, ben ça nous rajeunit pas ! Un type accompagne la môme. Nathan Barnett, Jr. qu'il s'appelle. Connais pas. Son p'tit nom de scène, c'est Nat. J'ai préféré t'avertir de suite. Si ça peut t'arranger, j'oublierai même le rendez-vous. Motus et bouche cousue. On ne parle que de ces meurtres dans les couloirs. J'imagine que toute la haute est sur ton dos. J'suis d'ton côté, Daniel.

— Où êtes-vous ? l'interrompt Rhys.

— Dans un resto chinois. Tu ramènes ta fraise ou tu veux que j'te les expédie ?

— La deuxième option.

— Nickel. T'es où ?

— Tu ne vas pas en revenir, Walter. Chez Nathan Barnett, Jr., justement.

20

Dimanche

Nathan n'en croit pas ses yeux ni ses oreilles. Ce doit être un cauchemar. Un très mauvais cauchemar. Il va se réveiller, c'est sûr. Il les regarde comme s'ils n'existaient pas. Ils vont disparaître en fumée d'un instant à l'autre. C'est Island grandeur nature.

– Nathan ! le secoue Christopher.

– Monsieur Barnett, ça va aller ?

Son domicile a été transformé en champ de bataille. Des officiers de police vont et viennent, ouvrent les tiroirs, déballent ses affaires, feuillettent le moindre papier. Ils fourrent leurs sales pattes partout.

– Que faites-vous chez moi ?

– Asseyez-vous, s'il vous plaît, commande le plus jeune.

C'est insensé. Voilà qu'il se retrouve comme un intrus dans son propre appartement ! Il s'effondre dans son canapé, Kelley et Chris à ses côtés.

— Je suis le détective Vince Marini. Ou Paul, si vous préférez.

— Paul! s'exclame Nathan. L'avatar Paul?

— C'est bien ça.

Nathan devrait être rassuré : Paul est un flic. Mais c'est un mensonge de plus. À Island, tout n'est que tromperie et manipulation, jeu de masques! Tout est possible, tout est permis. Ce coin de paradis va rapidement se muer en enfer où chacun pourra s'adonner à ses fantasmes, à ses pulsions les plus assassines... Nathan n'éprouve que dégoût.

— Pourquoi Paul est-il venu à Cottage Lena? interroge Nathan d'une voix fébrile.

— Parce que Nat a renversé Jerry et connaissait L'Étudiant, explique le policier. Et vous savez qui étaient Jerry et L'Étudiant dans la réalité. Vous l'avez dit à Walter Devon.

— C'est moi qui suis allé frapper à la porte de Devon, rétorque Nathan. Pas l'inverse. Je n'ai rien à me reprocher. Un dingue m'a pris comme témoin de ses crimes.

— Devon nous a fait part de votre théorie, s'immisce un vieux flic à l'air impassible.

— Puisque vous disposez de tous les éléments, vous allez pouvoir arrêter le coupable! se moque Kelley.

— Je suis le lieutenant Daniel Rhys, unité des Homicides. J'ai travaillé avec votre père, mademoiselle Kane. Un chic type. Je profite de l'occasion pour vous féliciter. Ma femme était une inconditionnelle de vos toiles. Nous

136

avons suivi votre brillant parcours avec beaucoup d'atten-tion. De l'Institut of Fine Arts de la N.Y.U. à la galerie Barbara Krakow, quelle belle trajectoire !

Nathan voudrait se pincer. L'Université de New York... Et dire que la jeune femme se moquait genti-ment de lui et de Harvard ! Kelley Kane n'a rien à lui envier.

— Je suis seulement navré de vous rencontrer en pareille circonstance, ajoute le policier.

— Moi de même, affirme Kelley. La situation est par-ticulièrement malsaine. J'espère que vous parviendrez à y mettre un terme rapidement.

— Nous avons des questions à vous poser, reprend Marini. Il nous faut éclaircir certains points. Pour commencer, quelle est votre pointure, monsieur Barnett ?

— Ma pointure ? Je ne comprends pas... Paul, votre avatar, me l'a déjà demandé !

— Vous ne lui avez pas répondu.

— Du 44. Ça vous convient ? s'agace Nathan.

— Votre marque de voiture ?

— Nat possède une vieille Cadillac. Celle qui a servi à écraser Jerry !

— Pas d'ironie, monsieur Barnett ! décoche Vince d'un ton tranchant.

— Une Pontiac.

— La marque de vos pneus ?

— Mes pneus ? Mais je n'en sais rien ! Et je m'en fous complètement !

— Ne jouez pas au plus malin. Au moment où nous parlons, la police scientifique de Boston examine les roues de votre véhicule. Alors si vous avez quelque chose à nous confier à ce sujet, je vous encourage vivement à le faire sans tarder.

— Je n'ai rien à déclarer à propos de ma voiture ou de mes pneus.

— Possédez-vous une propriété en dehors de Boston ?

— Non. Ma mère vit en Floride, dans une maison où la famille se réunit régulièrement. C'est tout.

— Rien en Nouvelle-Angleterre ? insiste Marini.

— Puisque je vous le dis !

— Un endroit où vous auriez l'habitude de vous rendre et qu'un ami vous prêterait ?

— Quand je quitte Boston, je vais à l'hôtel. Et quand je suis invité chez des amis, ils sont présents.

— Êtes-vous récemment sorti de la ville ?

— Non. J'ai vécu scotché à mon ordinateur et je m'en mords les doigts.

— Vous ne pensez pas que vous en faites un peu trop ? objecte Chris. Nathan est un type bien, je me porte garant. Mieux vaudrait l'aider et attraper le salaud qui le…

— Laissez-nous enquêter, monsieur Gahan, le coupe le lieutenant Rhys.

— Où étiez-vous jeudi et vendredi soir ? questionne Marini.

— À Island, répond Nathan. Vendredi soir, ma fille était avec moi, elle a dormi ici.

— Nous allons vérifier.

— Ses heures de présence sur le site sont facilement contrôlables, se mêle Gahan.

— Jeudi soir, nous avons chatté Nathan et moi, renchérit Kelley.

— Quelle heure était-il à votre avis ? demande Marini.

— Une première fois en fin d'après-midi, après que Nat a renversé Jerry. Puis plus tard, après les infos, précise la jeune femme sans hésiter.

Elle a raison, Nathan venait tout juste d'écouter l'annonce de la mort de Bonnie Thomson sur Chanel 5 TV.

— Battery Street n'est qu'à quelques pâtés de maison d'ici, indique le détective. M. Barnett aurait très bien pu effectuer un aller-retour et se débarrasser du corps.

— Je ne l'ai pas fait ! enrage Nathan, les poings serrés. Je ne la connaissais même pas !

— Et Jerry, vous la connaissiez, elle ? provoque Marini.

— Pas plus ! Jamais vue !

Un officier dévale les escaliers, une paire de chaussures à la main.

— Des Doc Martens ! claironne-t-il. Taille 44.

Nathan remarque qu'il porte des gants en latex, comme dans les films.

— Emmenez-les à la police scientifique, ordonne Daniel.

— Il n'a rien à voir dans tout ça ! s'impatiente Kelley. Nathan est victime d'une machination.

— Ah oui ? persifle Marini. Et quel serait l'objectif du criminel ?

– Ce dingue m'envoie des messages depuis jeudi, réplique Nathan. Il est même venu chez moi.

– Ici ?

– Non, à Cottage Lena.

– Quel est le nom de son avatar ?

Nathan hausse les épaules.

– Avez-vous une petite idée de qui ça pourrait être ?

– Je ne vois pas qui, dans mon entourage, serait assez fou pour être un assassin.

– Est-ce que le nom de John vous dit quelque chose ? poursuit le détective.

– Rien de particulier.

Nathan frissonne.

– Vous perdez votre temps ! intervient Kelley. Vers vingt et une heures trente, l'agent Tommy a été appelé sur la scène d'un nouveau crime.

– Qu'est-ce que vous dites ? articule le lieutenant Rhys.

– Vous avez bien compris. Un troisième avatar a rendu l'âme.

– Et le dingue s'est présenté à Cottage Lena pour me l'annoncer en avant-première, abrège Nathan.

– Qui est la victime ? presse Marini, aux aguets.

– Une certaine Lise, agent immobilier, balance Kelley.

– De toute façon, il est déjà trop tard, profère Nathan. Le décès de Bonnie et d'Eliot a été divulgué par les journalistes peu de temps après que leurs avatars ont été tués. Pire encore, j'ai reçu la photo d'Eliot Dunster, mort, avant

140

même que l'agent Tommy ne découvre son avatar noyé dans une baignoire.

– Vous ne croyez pas si bien dire ! gronde le détective. Bonnie et Eliot étaient même déjà morts depuis quarante-huit heures quand on les a découverts. Donc, en effet, leur assassinat à tous les deux a précédé celui de leurs avatars…

21

Nathan est assis sur un banc scellé au mur. Face à lui, une paroi vitrée, et derrière, un policier en faction. La pièce n'est pas très grande, environ six mètres carrés. Aurait-il pu, un jour, imaginer se trouver là ? Lui, l'éminent spécialiste en droit pénal. Immobile, le regard fixe, les pensées se bousculent dans son esprit. Il a la rage. Cette garde à vue est inutile, une perte de temps. Le criminel, lui, court toujours. À l'heure qu'il est, au milieu de la nuit, il a sans doute prévu de se débarrasser du corps. Faut-il attendre que les flics tombent dessus pour qu'ils acceptent de croire à son histoire ? Alors il ne se fait aucun souci, ça arrivera vite.

Kelley a été enfermée dans une cellule voisine. Elle aurait toutes les raisons de lui en vouloir. Si elle n'avait pas croisé son chemin, consenti à le rencontrer, elle ne serait pas là aujourd'hui. Mais après tout, elle a choisi d'être agent de police à Island, ce qui lui donne quelques responsabilités. Et elle les assume. Il ressent néanmoins une légère défiance de sa part. Parfois, il surprend son regard posé sur lui, qui le sonde, qui cherche à capter ses réactions. Paranoïa ou réalisme ? Il n'est plus sûr de rien. Les minutes s'écoulent et il se demande bien à quelle sauce il va être mangé. Que font les flics ?...

Le chef de la police scientifique fait son entrée en salle de réunion. Tous lèvent les yeux. Il était attendu comme le messie.

— Je suis catégorique, les pneus de la voiture de M. Barnett ne correspondent pas aux empreintes relevées, ni sur le corps de Bonnie Thomson ni près du pont Harvard, entreprend le spécialiste. Quant aux Doc Martens, ce ne sont pas les bonnes. Même modèle, mais pas la même pointure. Et Barnett a les pieds plats.

— Et alors ? questionne Marini, concentré.

— Les marques d'usure sont particulières, la semelle est plus appuyée à l'intérieur. Ce qui ne cadre pas avec la trace retrouvée près de la Charles River.

— Nous ne pouvons porter aucune accusation à l'encontre de Nathan Barnett, conclut Daniel Rhys. Son histoire, aussi farfelue soit-elle, est peut-être vraie. Ce ne serait pas la première fois qu'un tueur aurait besoin d'un auditoire pour s'exécuter. Il aurait donc choisi Barnett. Pourquoi pas ?

— Barnett ne possède qu'une voiture à son nom propre, précise Marini. Pas de maison secondaire. Sa mère vit en Floride dans une propriété familiale, comme il nous l'avait assuré. Ça fait loin, et il n'y a pas d'épinettes par là-bas ! Son C.V. est impressionnant. Un parcours sans faute. En plus, son casier judiciaire est archi-vierge. Barnett est blanc comme neige. Pour finir, Ian Pearce a étudié les traces de la présence de Barnett sur le site island.com. Il s'est connecté jeudi de 17h25 à 19h11 puis de 20h37 à 21h06, et vendredi de 18h24 à 18h31, puis de 19h30 à 20h26.

— Le 911 a été appelé à 18h49, jeudi soir, vérifie le lieutenant Rhys dans ses notes. Dix minutes environ après la découverte du corps de Bonnie Thomson par un riverain. Vingt minutes surtout après que des témoins ont vu le pick-up noir entrer dans Battery Street puis en sortir.

— Le vendredi, il a récupéré sa fille à 17h sur le campus de Harvard, reprend Marini. Lena a bien passé la nuit chez son père. L'ex-Mme Barnett est allée la chercher le samedi matin tôt, à la demande expresse de Nathan. Pour info, elle a pris sa défense. Elle a déclaré qu'il n'aurait jamais quitté l'appartement en laissant Lena seule. Selon elle, Nathan est un papa poule.

Scott Emerick, l'agent spécial du F.B.I. venu se mêler à l'enquête, soupire bruyamment. Grand Noir baraqué, un seul de ses bâillements suffit à imposer le silence.

— En clair, Barnett ne pouvait se trouver à la fois devant son ordinateur et à Battery Street, balance-t-il. Et vendredi soir, il n'était pas seul. Reste à savoir si ces alibis tiennent la route.

— D'après Nathan Barnett, le criminel lui aurait envoyé un premier message jeudi soir, souligne Marini. Il l'aurait accusé d'avoir tué Bonnie. Il faut qu'on sache si c'est vrai et à quelle heure le billet doux lui est parvenu. Alors, on saura le temps écoulé entre le moment où le pick-up a été vu dans Battery Street et celui où l'assassin a expédié le message depuis un ordinateur.

— Ce qui nous fournira un périmètre géographique, accorde Emerick. Un rayon dans lequel agit potentiellement le criminel.

— Pearce peut essayer de dégoter le renseignement, propose Marini.

— Je doute qu'il en ait les moyens, rétorque l'agent spécial du F.B.I. Il faut accéder aux données protégées du site.

— C'est déjà ce qu'il fait ! objecte Marini.

— Seul, il n'ira pas plus loin, persiste Scott Emerick. Je vais contacter le fondateur d'Island. J'imagine qu'il est en alerte ; il n'a pas intérêt à laisser le jeu se dégrader. Et j'ai décidé de joindre Quantico pour demander au Q.G. du F.B.I. de nous dépêcher un agent membre du dispositif anticybercriminalité.

— Pearce nous a bien aidés jusqu'à présent, ne le mettez pas au rancart.

— Pas de problème, accepte Emerick. Additionner les compétences est la meilleure option.

— Il reste que Nathan Barnett est le point commun qui

relie Jerry, L'Étudiant et Lise, reprend Marini. Il faudrait comprendre pourquoi, ça nous conduirait au mobile.

– On l'interroge ? soumet Emerick.

– Je m'en occupe, répond Daniel Rhys. Et je vous laisse Kelley Kane. J'ai travaillé avec son père…

Rhys s'assoit face à Nathan. Le jeune homme a les deux mains posées sur la table et essaie d'en masquer le tremblement.

– Votre ex-femme a confirmé vos propos, commence le lieutenant.

– Vous l'avez dérangée en pleine nuit ?

– Il est question de meurtres, monsieur Barnett.

– Vous avez dû lui faire peur.

– Reconnaissez-vous cet homme ? lance brusquement Rhys en tirant une photo de son dossier.

– Je ne l'ai jamais vu, répond Kelley dans une autre pièce.

– En êtes-vous certaine ? insiste Emerick.

La jeune femme examine la photo : un type quelconque d'une cinquantaine d'années, le visage carré, le sourire timide, la calvitie naissante.

– Oui, affirme-t-elle avec une belle assurance.

Cette fille a les nerfs solides. Le physique de catcheur et la mine intraitable d'Emerick ne l'intimident pas.

— The Sharper Image, ça vous dit quelque chose ?

— Évidemment, souffle Nathan.

— Vous avez déjà acheté des trucs là-bas ?

— Oui.

Nathan en a plus qu'assez de ces questions. Il a envie de hurler.

— À votre avis, vous qui appartenez à la police d'Island, par quel miracle Jerry et L'Étudiant ont-ils survécu alors que Bonnie Thomson et Eliot Dunster ont été enlevés plusieurs jours ou semaines avant leur mort ?

— Si un flic d'Holytown se met à faire la leçon à un super-agent du F.B.I., où va-t-on !

— Mademoiselle Kane, n'exagérez pas !

— Je ne vois que deux solutions. Ou Bonnie et Eliot ont été forcés à poursuivre le jeu pour satisfaire la perversité du criminel, ou il s'est substitué aux victimes.

Une femme intelligente. Est-elle diabolique au point de les rouler tous dans la farine ?

— Est-ce que le nom de Geoffrey Arnold vous inspire quelque chose ?

— Non, répond Nathan.

– Si je vous dis qu'il est vendeur au Sharper Image, vous le remettez maintenant ?

– Non. Mais qui est ce type pour que vous insistiez autant ?

– Lise.

Nathan se souvient des paroles de Kelley : des résidents d'Island se font passer pour des personnes de l'autre sexe. La curiosité. Un fantasme. Un jeu dangereux. L'anonymat libère du pire.

La porte s'ouvre : c'est le détective Marini.

– J'ai du nouveau, prévient-il.

Le jeune policier plante son regard dans celui de Nathan. Puis il pose une feuille devant lui.

– Vous le reconnaissez ? demande Vince.

Un portrait, encore. Mais cette fois, celui d'un avatar.

22

Nathan franchit le seuil de son domicile. Tout est déballé, sens dessus dessous. Le pire, c'est qu'ils ont touché à la chambre de Lena. Ses affaires sont éparpillées, son carnet intime gît sur le parquet, la serrure arrachée. Comment va-t-il le lui expliquer ? Il entre dans son bureau. Tous ses dossiers ont été chamboulés, il lui faudra des heures pour les trier. Il s'assoit dans son fauteuil en cuir noir, allume l'unité centrale. Marini, mandaté pour le chaperonner, empoigne une chaise et s'installe à ses côtés.

Nathan pénètre dans le cyberespace, nouvelle entité spatio-temporelle, société de communication et de partage utopique. Internet donne l'illusion de se trouver au cœur du monde et les communautés virtuelles de nouer des relations sociales. Foutaises ! Jamais il n'a ressenti autant de solitude que depuis qu'il a adhéré à Island. La vérité, c'est que l'être humain n'existe que par rapport à l'autre, et non pas à une image de synthèse, fût-elle en 3D et interactive. Nathan soupire, soulagé de reprendre conscience.

Il se branche sur le site et redevient Nat.

— J'ai un message !

— Ouvrez-le, ordonne le détective avec impatience.

Nathan clique sur l'enveloppe. *« Que dirais-tu de poursuivre notre petite conversation ? »*

— C'est lui ! gronde Nathan. L'envoi est anonyme. Ça vient de ce John, le portrait que vous m'avez montré, l'avatar qui a débarqué à Cottage Lena. Quel salaud !

— Répondez que vous êtes d'accord.

Les secondes passent, les deux hommes ont les yeux rivés sur l'écran.

— *Rencontrons-nous, c'est préférable.*

— *D'accord, mais dans un lieu public.*

— *Je te fais tellement peur ? Tu as raison. Le Funny Bar, à quatre heures.*

— *Pas d'arme cette fois.*

— *Parole d'assassin !*

— Il était armé ? s'alerte Marini.

— Il a visé mon avatar avec un flingue. Qu'arriverait-il s'il tirait ?

— J'avoue que je n'en sais rien. Il a pu créer une option permettant de tuer. C'est quoi, le Funny Bar ?

— Une boîte de nuit branchée. Mais Nat n'a pas récupéré sa Cadillac depuis l'accident. Il fait comment pour aller au centre-ville ?

— Tommy ? suggère le détective.

— Ce serait trop long, objecte Nathan. Je ne vois qu'une solution : acheter un hélicoptère. Il y a plusieurs pistes d'atterrissage à Holytown. Ça coûte un fric dingue, mais je m'en fous royalement ! Je n'ai pas l'intention de faire de vieux os dans ce monde.

— Alors allez-y ! exige Marini. On ne peut se permettre d'être en retard. J'en informe le lieutenant Rhys.

Nathan se met en rapport avec l'aérodrome d'Island.

— Et si on envoyait Paul sur place, histoire de jouer les renforts ? propose le détective à son supérieur.

— Bonne idée. Emerick prévient Pearce et rejoint le Web Café.

Nat est en conversation avec un responsable de la permanence de nuit. Celui-ci est prêt à lui vendre une machine et lui en réclame huit cents dollars. Nat lui en assure le double pour une livraison dans cinq minutes. Puis il sort guetter l'appareil.

Pile à l'heure, l'hélicoptère se pose devant Nat. Un pilote en descend, le sourire aux lèvres.

— C'est moi que vous avez eu en ligne. La promesse est tenue ! Je vous laisse les commandes, il est à vous.

— Comment retournez-vous à l'aérodrome ? s'inquiète Nat qui n'a guère envie qu'un inconnu papillonne dans sa propriété.

— Un employé vient me chercher en voiture. Il va pas tarder.

— Parfait. Je suis pressé, il faut que j'y aille.

— Je vous en prie. Et n'hésitez pas à nous recommander auprès de vos amis !

Nat le salue de la main et s'installe sur le siège. Il

demande une autorisation de vol à l'aérodrome, décolle tranquillement, survole Cottage Lena et se dirige vers la ville. Très vite, il se faufile entre les gratte-ciel jusqu'à une piste d'atterrissage. Une fois l'appareil stabilisé, il s'en extirpe et se glisse dans les rues d'Holytown. Jusqu'au moment où l'enseigne lumineuse de l'établissement apparaît. Il se précipite dans la boîte de nuit. Un videur l'examine de la tête aux pieds et le laisse passer. Une musique disco sort des amplis. Les pistes de danse sont pleines à craquer. Derrière le bar, des avatars au corps sexy servent de l'alcool à gogo.

Nat repère Paul, un verre à la main, mais il agit comme s'il ne l'avait jamais vu. Il réclame un whisky Coca et pose ses coudes sur le comptoir fluorescent.

– Bonjour, Nat !

Il fait volte-face. C'est John !

– Tu es à l'heure. Tu sais donc piloter ? J'ignorais ce détail…

– Heureux de vous surprendre !

– Tu me prends pour un con ? Et appelle-moi par mon nom, je suis certain que tu le connais !

– Vous ne me l'avez pas donné.

– Tu me fais bien marrer, Nathan Barnett, Jr. ! T'es qu'une poule mouillée et t'as dû foncer à la police, pas vrai ?

– Et vous, un lâche ! Vous préférez vous attaquer à des innocents comme Jerry et L'Étudiant.

– Tu as oublié Lise. Et Geoffrey Arnold.

C'est une information que seuls la police et le tueur détiennent. John veut être pris au sérieux.

– *Alors, ça s'agite autour de toi ? Ces bouffons de flics les ont à zéro ? Je me demande bien s'ils savaient déjà pour Geoffrey Arnold ! Dis, ils savaient ?*

– *Oui.*

– *Maintenant, vous êtes sûrs que je suis l'assassin. Alors, respect. Au fait, tu as éprouvé du chagrin pour Lise ?*

– *C'était un avatar.*

– *Pas seulement, Nat. C'était l'une de tes amies. Et tu n'en as pas beaucoup...*

– *Pourquoi faites-vous ça ?*

– *John, c'est mon nom. Dis-le.*

– *Qu'attendez-vous de moi, John ?*

– *Que tu pisses dans ton froc !*

– *Espèce de fumier !*

– *Tuer est un art. Autant que de peindre...*

Nathan bondit dans son fauteuil, terrorisé.

– Kelley est repérée ! Il faut l'avertir !

– Ne vous affolez pas, réplique Marini. Je m'en occupe.

– Vous ne devez pas la laisser seule ! Ou je m'arrête là, je vous préviens !

Le détective compose le numéro du lieutenant Rhys.

– Kelley va être placée sous protection du F.B.I., rassure Vince en direction de Nathan.

Les deux hommes se jaugent du regard.

— Je vous fais confiance, capitule Nathan. Ne me décevez pas.

— Pas pour un cas aussi grave. Nous sommes des professionnels.

— Trois personnes sont déjà mortes.

— Kelley Kane ne sera pas la quatrième sur la liste. Toutes les victimes ont d'abord été enlevées, souvenez-vous.

— *Tes nouveaux petits copains aimeraient savoir ce que j'ai fait du corps de Geoffrey, pas vrai ?*

— *Qu'aviez-vous à lui reprocher ?*

— *À Geoffrey ? Rien. Le hasard.*

Paul se rapproche discrètement, les yeux dans son verre de tequila.

— *Il est mort, annonce John, désinvolte.*

— *Où est-il ?*

— *Ça t'intéresse ? Je me suis débarrassé de son cadavre puant.*

— *Où est-il ?*

— *Qu'es-tu prêt à m'offrir en échange ?*

— *Vous êtes dingue…*

— *Quel est le prix de ce type ? À ton avis ? Pas grand-chose… Il vivait seul, comme un rat, il avait un boulot de merde, et en plus il rêvait d'être une femme. Il voulait être Lise.*

— *Qui êtes-vous pour le juger ?*

— *La main de Dieu !*

John lui lance un sourire ironique.

– *Où est-il ?*

– *Donne-moi ce que je veux et tu le sauras !*

– *De l'argent ?*

– *Les clefs de ton hélicoptère !*

Nat les lui tend.

– *C'est cher payé pour ce gros lard ! Tu n'aurais pas dû, Nathan ! Tu y perds.*

– *Où ?*

John se penche à l'oreille de Nat.

23

Tommy regarde la ville depuis les fenêtres de son appartement. Quelques fêtards sortent de boîte ou d'un dîner entre amis, et rentrent chez eux. D'autres titubent sur les trottoirs. C'est plus vrai que nature. Tommy repère des filles aux jambes longues et dénudées, à la poitrine aguicheuse, à la démarche provocante. Des types les tiennent par la taille, des beach boys... grands, blonds et musclés.

C'est son jour de repos. Tommy avait prévu de profiter des joies de ce monde. Mais la donne a changé. Ses moindres faits et gestes sont surveillés, il n'est pas dupe. Il est mêlé à toute cette histoire. Lui-même ne peut s'empêcher d'épier les réactions autour de lui. Ce n'est plus comme avant, il ne se sent pas libre. Quand tout sera fini, il fera ses valises et quittera Holytown.

Quelqu'un frappe à la porte. Il n'est pourtant pas l'heure pour une visite. Il ouvre. Kevin. L'agent Kevin. En civil.

– Salut, Tommy! lance son collègue. Je suis navré de te déranger si tôt. J'étais sûr que tu ne dormais pas...

– Qu'est-ce qui te fait dire ça? riposte Tommy.

– Je ne peux pas trouver le sommeil. J'ai deviné que ce serait la même chose pour toi. Tout ça me trotte dans la tête. Tu me laisses entrer?

Tommy s'écarte et invite l'agent de police à s'installer dans le salon.

– Tu as du café? demande Kevin. Pardon de paraître grossier, mais la nuit a été longue et elle n'est pas finie.

– Je vais en chercher.

Quand il revient avec les deux tasses, Kevin feuillette un livre. Tommy lui jette un regard noir. Kevin se rassoit, peu embarrassé. Sa chaîne en argent frotte contre son torse, entre les pans de sa chemise largement échancrée. Tommy ne sait quoi penser de son allure, de son jean moulant et de ses bottes pointues.

– Trois avatars morts à Island, c'est inconcevable! s'exclame Kevin. Pour Lise, c'était horrible, crois-moi! J'effectuais ma ronde de nuit lorsque je suis tombé dessus et...

– C'est toi qui l'as découverte? s'étonne Tommy.

– Ben oui... T'étais pas au courant? Ça m'a fichu un de ces coups!

– Pourquoi es-tu venu ici?

– J'avais besoin de parler à quelqu'un. Et tu paraissais en colère, touché par la mort de Lise.

– Une mise en scène macabre, conçue pour choquer.

– *J'ai remarqué comme tu as été surpris par le décès de L'Étudiant, poursuit Kevin.*

– *Un accident, tu rigoles !*

– *Nos analyses se rejoignent. Il n'y a ni hasard ni coïncidence. Jerry, L'Étudiant et Lise ont été tués pour une raison bien précise.*

– *Comment peux-tu l'affirmer ?*

– *C'est évident, bon sang ! T'as vu les fringues de Lise ? Et elle devait passer des heures chez l'esthéticienne et le coiffeur ! Elle en avait de côté !*

– *Quel rapport ?*

– *Une vengeance. Du genre mafia. Elle a roulé un client et il lui a réglé son compte.*

– *Et Jerry, et L'Étudiant dans tout ça ?*

– *Imagine qu'ils aient monté une petite combine tous les trois...*

– *Tu délires, Kevin !*

– *Ah oui ? Il ne faut jamais croire les apparences, elles sont trompeuses. À Island plus qu'ailleurs...*

Kevin toise Tommy avec assurance.

Cet avatar commence à mettre Kelley mal à l'aise. Elle ne saurait dire pourquoi... C'est un fouineur. Pas franc du collier. Où veut-il l'entraîner ?

Soudain, la sonnette de l'appartement retentit. Il y a quelqu'un pour de vrai de l'autre côté de sa porte. Kelley abandonne son ordinateur.

– Qui est-ce ?

– F.B.I., mademoiselle Kane. Je suis l'un des assistants de Scott Emerick du bureau de Boston.

Elle ouvre la porte. L'agent du F.B.I. est beau garçon, environ trente-cinq ans.

– Que se passe-t-il ? demande-t-elle.

– Il est possible que le tueur vous ait repérée. L'agent spécial Emerick a décidé de vous placer sous protection.

– Attendez, là ! Ça veut dire quoi ce baratin ?

– Que je m'installe chez vous ! Vous avez un canapé, j'espère ?

– Je… je suis sur Island. Je dois terminer une conversation.

– Je vous en prie.

Kelley se rassoit à son ordinateur. Le policier l'a suivie.

– *J'aimerais te rencontrer, on pourrait en parler de vive voix.*

C'est Kevin. Il veut la voir dans la réalité. La tête lui tourne. Elle sait à quoi peut mener ce genre de rendez-vous.

24

Quatre heures vingt du matin. Les mots que John vient de prononcer à l'oreille de Nat s'affichent enfin à l'écran : « *North End Park, les toilettes publiques.* »

Marini s'agite brusquement. Par téléphone, il transmet l'information au lieutenant Rhys, puis se retourne vers Nathan.

– Je fonce sur place. Je laisse un agent devant votre porte, et d'autres patrouillent dans le quartier. Vous êtes en sécurité. Restez là et surveillez Island. Si le tueur vous relance, prévenez-moi.

Vince Marini se sauve sans attendre de réponse. North End Park est à deux pas de l'appartement de Barnett. S'il court, il sera le premier sur les lieux.

L'espace vert se situe dans le prolongement du port. Il est voisin des garde-côtes. Une voiture de police est déjà stationnée le long du jardin public. Marini aperçoit le faisceau d'une lampe de poche.

— Officier ! interpelle Vince. Je suis le détective Marini.

— Bonjour ! Il n'y a personne dans le coin, j'ai vérifié.

D'autres véhicules déboulent, toutes sirènes hurlantes. Des hommes en uniforme les rejoignent. Ils se positionnent de part et d'autre des toilettes pour surveiller les alentours. Rhys débarque, accompagné de l'agent spécial Emerick.

— Je voudrais un projecteur, hurle le lieutenant à la cantonade. Avant d'allumer la lumière, mieux vaut s'assurer qu'on ne va pas tomber sur un os !

Le chef de la police scientifique arrive à son tour, suivi de Donna Blumer.

— J'ai les ultraviolets, indique-t-il. Mais les chiottes sont sûrement saturées d'empreintes !

— Le ménage est fait chaque matin à cinq heures, intervient un officier.

— Vous serez gentil de décommander, rétorque Rhys. Ce n'est pas le moment de passer la serpillière !

— Messieurs, comme d'habitude vous ne touchez à rien tant que vous n'avez pas de gants.

— Je rentre dans le bâtiment, annonce Rhys. Il faut sécuriser l'intérieur. Emerick ?

— J'en suis.

— Marini, tu me colles aux basques. Officier ? Éclairez-nous, s'il vous plaît.

L'agent spécial Scott Emerick dégaine son arme, imité par Rhys et Marini. Le lieutenant pousse délicatement la porte avec son pied. Emerick avance la tête et pointe son revolver devant lui.

161

— Il y a quelqu'un ? crie-t-il. F.B.I. ! Je vous préviens, je suis armé.

C'est le silence. Les policiers tendent l'oreille, en vain.

— Je vérifie le commutateur, annonce Marini. Ça semble normal. J'appuie ?

— D'accord, petit. Fais gaffe.

Marini enfonce le bouton. La lumière jaillit du plafond.

— Toilettes pour hommes ou pour femmes ? questionne Emerick. Sur qui parie-t-on ? Geoffrey Arnold ou Lise ?

— Lise ! répond Marini en ouvrant la porte.

Ils se tiennent prêts à tirer.

— On vérifie les cabines, enjoint le lieutenant.

— Merde ! Il est là ! C'est dégueulasse.

Marini a blêmi d'un coup. Geoffrey Arnold est assis sur la cuvette, le pantalon baissé, une corde autour du cou.

— On continue, ordonne Rhys.

Ils se rendent du côté des hommes et finissent d'inspecter les lieux. Personne.

— C'est bon, vous pouvez entrer, tonne Daniel Rhys.

Le médecin légiste prend des clichés du corps. Puis il soulève les pans de la chemise, établit une première expertise.

— La rigidité cadavérique est passée, explique Donna Blumer. La mort doit remonter à quarante-huit heures environ, je vous le confirmerai. Il y a des signes d'asphyxie. Le visage est cyanosé.

— Il est mort pendu ? interroge Emerick.

— Ça, je vous le dirai à l'autopsie. Il faut que je retire

162

la corde et que j'étudie les marques autour du cou pour le déterminer.

— En tout cas, la corde n'a pas été attachée au plafond ! intervient Marini. Si Geoffrey Arnold a été pendu, ce n'est pas ici.

— C'est clair, approuve Donna. Je peux l'emballer ?

— Zut ! j'ai oublié le papier cadeau ! marmonne Vince.

— Vas-y, autorise le lieutenant en retenant un sourire.

Le médecin légiste appelle son équipe à la rescousse. Deux types couvrent la tête et les mains de la victime avec des sacs individuels, puis enfournent le corps dans un sac à cadavre. Ils s'en saisissent et le transportent jusqu'au fourgon.

— T'as trouvé quelque chose ? demande Rhys au chef de la police scientifique.

— Des cheveux et de l'urine. Mais ça ne servira à rien. Trop de filles ont défilé ici ces dernières vingt-quatre heures.

— Je suppose que c'est pareil pour les empreintes ? reprend Emerick.

— Il y a des traces de doigts tous les deux centimètres ! C'est un malin...

— Messieurs, je vous propose de partir assister à l'autopsie, conclut Rhys.

Ils abandonnent le lieutenant de la police scientifique à sa tâche et remontent dans leurs voitures. Il n'y a pas âme qui vive en dehors de leurs effectifs. Ils ont devancé les journalistes, et les lève-tôt flanqués de leurs chiens en laisse.

25

La mort rôde dans chaque recoin de la pièce. À elle seule, la table en acier inoxydable lui fiche la trouille. Des bacs sont posés sur le rebord, prêts à recevoir les organes prélevés par le médecin légiste. Une armoire réfrigérée ronronne contre le mur ; c'est là que des morceaux de corps humains sont conservés avant d'être expédiés au laboratoire d'analyses. Des instruments de torture sont étalés à portée de main de Donna Blumer : scalpels, scies, couteaux, leviers, et pinces à os pour ouvrir la cage thoracique. Vince Marini songe au bruit des côtes qu'on découpe. Ici, la dignité de l'être humain est un vain concept. Marini préfèrerait mille fois être grillé plutôt que d'arriver dans cette salle sur un chariot à roulettes, les pieds devant.

Blumer est concentrée, les yeux froncés au-dessus du masque. Un éclairage au néon rajoute une dose d'horreur s'il en était besoin, et un scialytique pend du plafond. Un assistant l'oriente à la demande de son patron. La jeune femme examine les mains de la victime.

— Il y a des traces de terre sous les ongles, déclare Donna Blumer.

— Identique à celle recueillie sur le corps de Bonnie Thomson ? interroge le lieutenant Rhys.

— On verra à l'analyse. C'est un élément intéressant.

Pendant que l'un de ses adjoints photographie chaque étape de son travail, la légiste prélève une mèche de cheveux.

— Je n'observe aucune blessure particulière sur la peau, reprend-elle. Seulement les stigmates de la dénutrition. Geoffrey Arnold a subi un régime sévère le temps de la séquestration.

— Un mois et demi de souffrances, rappelle Rhys.

— Il a perdu trente-deux kilos si je me réfère au poids indiqué le jour de sa disparition, poursuit Blumer. Ce qui l'a mis dans un état de fatigue aggravé. Je vais démarrer l'autopsie par la tête et le cou.

— Tu sais ce qu'on cherche, Donna, l'encourage le lieutenant.

— Comme toujours ! T'inquiète pas, on va trouver quelque chose... Voilà, je coupe la corde. Le labo se fera un plaisir de l'étudier. Je la lui transmets immédiatement sous scellés.

Un type entre subitement dans la salle, s'empare de l'emballage et disparaît aussi sec. Caméra et micro fonctionnent en permanence, reliés à une pièce contiguë.

— Il y a deux sillons distincts. Le premier indique la

pendaison, mais la marque est parcheminée, jaune, sans trace de sang, ce qui tendrait à prouver qu'elle a été effectuée post mortem. Le sillon de la strangulation, lui, est transversal, il a l'apparence d'un léger piqueté hémorragique. Deux petites contusions indiquent l'endroit où les pouces de l'assassin ont exercé une pression. Et l'os hyoïde est brisé, ce que l'on constate le plus souvent dans le cas d'un étranglement manuel. Je vais procéder à la dissection du cou.

Blumer s'empare d'un scalpel. Marini frissonne de dégoût. Il fixe le tableau noir, accroché à un mur, sur lequel le poids des organes de Geoffrey Arnold sera bientôt inscrit.

– Petit, faut regarder la mort en face, conseille le lieutenant. Droit dans les yeux. Tu t'y habitueras, comme les copains.

Marini se pince les lèvres et reporte son attention sur les gestes du médecin.

– C'est bien ça, on a voulu maquiller une strangulation en pendaison. La victime a été assassinée. Mais il n'y a aucune marque de défense, pas d'excoriations cutanées linéaires.

– De quoi ? intervient Marini, écoeuré.

– D'égratignures, répond Blumer. Le plus souvent, la victime tente de retirer les mains de son agresseur et provoque des égratignures avec ses propres ongles. Dans ce cas, elle était peut-être inconsciente.

166

– Une nouvelle mise en scène du tueur, commente l'agent Emerick. D'abord sur Island, mais aussi dans la réalité.

– Il aime jouer, ajoute Daniel Rhys.

Blumer saisit un scalpel à la lame impressionnante, et l'approche du thorax.

– On a à faire, Donna, intervient Rhys. On va te laisser continuer seule.

– Marini ne reste pas ? taquine la jeune femme.

– À moins que tu ne veuilles le ranimer en plein milieu de l'autopsie, il est plus prudent de le raccompagner à l'air libre !

– Je suis partant pour un bouche-à-bouche !

– C'est ça ! raille Emerick.

Le jour se lève sur Boston. Rhys imagine les hélicoptères qui décollent dans toute la région, telles des nuées d'abeilles. Les polices du New Hampshire, du Vermont, du Massachusetts, du Connecticut et de l'État de Rhode Island sont placées sous les ordres de l'agent spécial Emerick et du F.B.I. Dans les airs et au sol, des flics entraînés explorent les forêts d'épinettes rouges, à la recherche des arbres malades, contaminés par la rouille des champignons.

– Pourquoi ton ami ne parvient-il pas à trouver qui se cache derrière John ? questionne subitement Rhys, tandis qu'ils foulent le bitume.

— Pearce a évoqué l'utilisation d'un proxy, répond Marini. C'est un outil qui relaye les requêtes entre un poste client et un serveur et qui permet de conserver l'anonymat. Une méthode plus efficace consiste à multiplier les proxies, ou à utiliser des logiciels qui cryptent la communication jusqu'au dernier moment.

— Tu es en train de m'expliquer que ce type a établi des remparts entre lui et Island et qu'il est impossible de le pister sur Internet ? s'agace le lieutenant Rhys.

— D'après Pearce, l'anonymat complet et définitif n'existe pas. Aucune technique n'est imparable.

— Alors retrouvez-le ! Si on n'a rien de convaincant à donner au maire, on sera bientôt déchargés de l'enquête. À l'hôtel de ville, ils sont tous affolés comme des insectes autour d'un pot de miel. Et le cadavre de Geoffrey Arnold ne va pas arranger la situation.

— L'un de nos spécialistes vient d'atterrir à Boston, se mêle Emerick. Je lui ai demandé de rejoindre Pearce au Web Café. Deux hackers valent mieux qu'un !

— Des pros de l'informatique et d'Internet, explique Marini à Rhys. De gentils pirates ! Leur objectif n'est pas de détruire, mais d'appréhender le Réseau, de l'exploiter au mieux de ses capacités.

— Le fondateur d'Island prend le premier vol pour Boston, poursuit Emerick. Il habite San Francisco. Il sera là en soirée. En attendant, il est joignable sur le site *via* son avatar.

— Je vous laisse rejoindre le Web Café, conclut Rhys. Je dois organiser une petite visite au club de tennis de Bonnie Thomson.

Les trois hommes se séparent.

Vince jette un coup d'œil sur son portable. Toujours aucune nouvelle de sa femme...

Le jour se lève sur Island. Ce sera un temps ensoleillé, sans l'ombre d'un nuage. Peu importe désormais. Nat ne supporte plus d'être là.

Une silhouette avance sur le chemin en gravier. Nat fonce vers la porte, l'ouvre brusquement, et sort sur le perron.

— Salut, Nat !

Justin ! Le jardinier. Un rouquin, le visage parsemé de taches de rousseur.

— Tu en fais une tête ! s'amuse l'intrus. On est dimanche, tu n'as pas oublié ?

Justin vient chaque dimanche s'occuper du terrain. Il tond, taille les haies, soigne les arbres fruitiers. Nat le considère comme un ami. Il l'a parfois invité à boire un verre, à discuter autour d'une bonne bouteille de vin de Californie.

— Désolé, Justin ! Je suis un peu à cran.

— Qu'un peu ? Tu plaisantes ! Tu semblais prêt à bondir !

— Mauvaise nuit, c'est tout.

– Dis-moi que tu as rencontré une fille et que tu as passé une nuit de folie dans ton Cottage !

– Même pas.

– Tous les profs de Harvard sont sérieux comme toi ? Faut apprendre à la jouer décontracte, vieux !

– Laisse tomber, réplique Nat.

– J'ai voulu t'appeler, mais j'ai pas osé, prononce subitement le jardinier.

– De quoi parles-tu ?

– De l'accident. Ça a dû être horrible.

– C'est vrai. Elle est morte sur le coup.

– Comment tu te sens ?

– Je ne sais pas.

– Te laisse pas abattre. Cette fille s'est jetée sous tes roues. Tu n'y es pour rien.

– C'est ce qu'on ne cesse de me répéter.

– Ce n'est donc pas idiot si tout le monde te le dit ! Je fais comme d'habitude ?

– Tu as carte blanche !

– J'adore ta baraque, vieux ! Je la traite aux petits oignons. À tout à l'heure, je passerai avant de partir.

Nat referme la porte derrière lui. Il s'assoit dans son canapé, désœuvré. On frappe au carreau.

– Oui ? hurle-t-il, paresseux.

– C'est Justin ! Tu as une enveloppe dans ta boîte aux lettres. Tu veux que je te la file ?

Un coup de massue, encore. Mais il faut tenir, accepter de jouer le jeu. Nat récupère le courrier par la fenêtre. Puis son ami démarre le tracteur.

Il ouvre l'enveloppe. Il déplie la feuille. « Alors, tes copains flics ont trouvé Geoffrey ? Chouette spectacle, tu leur demanderas ! »

26

Emerick et Marini pénètrent dans l'arrière-salle du Web Café, rapidement aménagée en camp retranché. L'agent de la cellule anticybercriminalité du F.B.I., tout juste débarqué, est en pleine discussion avec Pearce.

— Il faudra m'expliquer comment entrer au F.B.I.! plaisante celui-ci.

— Un vrai changement de cap! se moque Marini.

— Dans la vie, il n'y a pas de hasard, rétorque son ami. Ce qui doit arriver arrive. Ma place est parmi les hackers; on parle le même langage.

— Quand je pense que tu voulais dévaliser la Banque centrale et mettre le foutoir au Pentagone!

— Tu ne m'as jamais entendu critiquer le F.B.I. C'est sacré!

— Ben voyons…

— Agent spécial Emerick, heureux de vous revoir! coupe le nouveau venu en tendant la main. Détective Marini…

– J'ai fait le tour du matos avec Craig, annonce Pearce. Nous sommes opérationnels.

– Et si on faisait le point ? tonne Emerick.

– Le tueur choisit ses victimes parmi les résidents d'Island puis assassine leurs concepteurs dans la réalité, expose Craig, le spécialiste du F.B.I. Chacun comprendra que l'inverse est impossible. Que Bonnie Thomson, Eliot Dunster et Geoffrey Arnold aient tous fréquenté le monde virtuel ne peut pas être un hasard. Cela signifie que John a découvert les identités de Jerry, L'Étudiant et Lise par des techniques de piratage sur le site. Il peut y avoir une faille dans le système de sécurité du jeu.

– Des programmes d'intrusion et de contrôle à distance permettent de tout savoir sur n'importe quel chatteur en ligne, confirme Pearce. Nom, adresse, numéros bancaires, habitudes de vie quotidiennes... pire qu'une caméra qui vous suivrait vingt-quatre heures sur vingt-quatre !

– Comment comptez-vous retrouver John ? questionne Emerick.

– Il a certainement laissé des traces tout au long de ses manipulations, répond Craig. À nous de les découvrir. Une autre méthode consiste à lui tendre des pièges. Par exemple, on peut tenter l'utilisation d'un marqueur. Quand John se branchera, notre serveur captera un élément de sa page, qui nous fournira son adresse IP. Il y a aussi les bannières mouchardes, les pubs sur lesquelles John est susceptible de cliquer et qui nous renverront des renseignements sur lui. Des bannières que nous pouvons créer pour l'occasion. Ce qui est sûr, c'est que ce genre d'individu se croit plus malin que les autres.

— Abraham Lincoln déclarait qu'«Aucun homme n'a assez de mémoire pour réussir dans le mensonge», renchérit Pearce.

— Quelle culture! siffle Marini.

— Tu penses que ça suffira pour passer le concours d'entrée du F.B.I.? s'amuse son ami.

— J'crois plutôt que tu vas être recalé parce que t'en as trop! Mais procédons par ordre… Paul doit se rendre au club de tennis d'Holytown. On devrait commencer par là.

L'avatar débarque dans la ville, les mains dans les poches. Il prend de nouveau le bus jusqu'au complexe sportif. On en rêverait dans la réalité! Des locaux design, des terrains en terre battue et en synthétique, un vaste espace dédié au football américain, des champs de tir, une piscine et ses toboggans spectaculaires. Un endroit sélect. Paul passe la grille d'entrée et se présente au club-house. Une hôtesse au sourire éblouissant l'accueille.

— *Je suis intéressé par le tennis.*

— *Formidable! Voici les formulaires d'adhésion.*

— *Merci. Mais je ne connais personne; votre club peut-il se charger de me trouver des partenaires?*

— *Bien entendu.*

— *Génial! On ne m'a dit que du bien de vos prestations.*

– *Nous avons une excellente réputation dans tout Island, en effet.*

Et elle lui renvoie son sourire publicitaire.

– *On m'a parlé d'un bon joueur, un type de mon niveau.*

– *De qui s'agit-il? Si je peux vous mettre en relation, ce sera avec plaisir.*

– *Un certain John. Il est âgé d'une quarantaine d'années. Il est grand, blond, musclé, bronzé... Tout pour plaire!*

– *John... Ah oui! vous avez raison, un très bel homme, je m'en souviens. Très séduisant. Nos joueuses en étaient folles! Mais on ne l'a plus revu depuis un mois.*

– *Quel dommage! Il a joué longtemps ici?*

– *Un trimestre.*

– *Vous savez où il habite? J'aimerais le contacter et lui proposer une partie.*

– *Malheureusement non. John était sympathique, généreux, mais très secret.*

– *Généreux?*

– *Il offrait souvent une tournée, réglait le terrain après une partie avec une dame. Un gentleman! C'est rare par les temps qui courent...*

– *Vous marquez un point! Je suis déçu...*

– *Ne vous inquiétez pas, de nombreux adhérents seront ravis de jouer avec vous.*

– *Jerry me l'avait chaudement recommandé.*

– Jerry ? Mon Dieu…

– Je sais. Quel terrible accident. C'était une amie chère. Je crois qu'elle jouait souvent avec John.

– C'est juste. D'ailleurs, sur la fin, ils ne voulaient plus d'autres partenaires. Ils étaient mignons ! Ils ont disparu tous les deux depuis un mois. J'ai pensé qu'ils vivaient une lune de miel ! La pauvre… Elle qui semblait si heureuse, enfin…

– Comment ça ?

– Une impression. John lui faisait la cour. Parfois ça paraissait lui plaire, d'autres fois moins. Elle se renfermait, avait un air triste, un peu perdu. Un petit oiseau tombé du nid.

– Je pensais qu'elle filait le parfait amour ?

– Mais je me trompe peut-être, vous savez !

– Je crois plutôt que vous avez un sixième sens pour ces choses-là.

La fille rougit légèrement.

– Je rapporte ces papiers chez moi et je les remplirai. À très bientôt.

– Je l'espère !

Paul s'éloigne.

– Allons chez Nat, commande Craig. Nous avons besoin de repérer les lieux.

– Je lui ai demandé de rester à son poste, à Cottage

176

Lena, au cas où le criminel tenterait de le joindre, indique Marini.

– Téléportation ? propose Pearce. Cottage Lena n'est pas tout près.

– Et si on lui ramenait sa Cadillac ? incite Marini. Elle est au garage municipal depuis l'accident.

Paul se dirige vers l'entreprise. Elle est gigantesque. Des dizaines de voitures attendent une réparation. On lui remet les clefs de la Cadillac sans difficulté. Il s'assoit au volant et quitte la ville.

Vingt minutes plus tard, il atteint Cottage Lena. Le ronronnement d'un tracteur lui souffle dans les oreilles. Paul klaxonne à plusieurs reprises. Nat sort sur le palier.

– *Paul ! s'étonne-t-il. Vous m'avez rapporté ma Cadillac ! C'est sympa…*

Le tracteur cesse son raffut. Un jeune homme approche, la mine enthousiaste.

– *Salut ! dit-il. Décidément, on va bientôt pouvoir organiser un barbecue !*

– *Paul, se présente l'avatar en lui tendant la main.*

– *Justin le jardinier, réplique l'inconnu.*

– *Enchanté. Vous m'offrez un café, Nat ? s'impose Paul.*

– *Bien sûr. Entrez.*

– *Qui c'est ce rouquin ? demande Paul, une fois la porte refermée.*

– *Il vient ici chaque semaine depuis que j'ai acheté Cottage Lena. Il s'occupe du jardin.*

177

– *Vous le connaissez bien ?*

– *C'est devenu un ami. J'ai confiance.*

– *Hmm… C'est une chouette maison.*

– *Je n'y tiens plus autant qu'avant. Les évènements m'ont ouvert les yeux. Dommage qu'il ait fallu trois morts pour y parvenir…*

– *Mieux vaut tard que jamais,* commente Paul. *C'est pas la grande forme pour vous, on dirait.*

– *J'ai connu mieux. Où en êtes-vous ?*

– *Je m'occupe de tout.*

Nathan marmonne devant son ordinateur. Il se prend pour qui, ce Rambo ? Il s'occupe de tout…

Il saisit le téléphone et compose le numéro de Kelley. La jeune femme décroche à l'instant.

– Comment allez-vous ? s'inquiète-t-il.

– À part que le F.B.I. s'est installé chez moi, tout va bien !

– Tant mieux !

– Nathan, il paraît que le tueur m'aurait repérée ?

– Il a écrit : « *Tuer est un art. Autant que de peindre…* »

– Oh ! je comprends.

– Mademoiselle Kane ! l'interpelle l'agent du F.B.I. Changement de programme. Nous devons partir d'ici. On nous attend.

– Tommy doit poursuivre le jeu !

– Oui, mais ailleurs. C'est un ordre qui vient de l'agent spécial Emerick.

Kelley souffle dans l'appareil.

– Qu'y a-t-il ? demande Nathan.

– Je dois y aller, ordre du F.B.I. Moi qui rêvais d'aventure, je suis servie ! Un peu trop finalement. Ça tourne à l'indigestion. Et vous ?

– Le lieutenant Rhys doit venir me chercher, répond Nathan. Je ne sais même pas pourquoi.

– Vous serez bientôt fixé ! Bon courage.

– Vous aussi. On se tient au courant ?

– Mademoiselle Kane ! s'impatiente la voix.

– J'arrive ! s'agace-t-elle. Et en plus, je me fais taper sur les doigts. C'est le monde à l'envers.

Elle raccroche puis se retourne. Elle tressaille, surprise. Elle ne l'a pas entendu approcher. Il est là, debout sur le pas de la porte, l'expression hargneuse.

27

C'est une descente de police en règle. Des officiers investissent le club de tennis de Bonnie Thomson. Le lieutenant Rhys exhibe sa carte.

— Que tous ceux ici présents me disent s'ils reconnaissent cet homme! lance-t-il à la cantonade.

— Ce dessin, vos collègues me l'ont déjà montré, répond le responsable du club. Ça m'disait rien. Mais avec ce truc d'ordinateur, là, en couleurs, j'y vois plus clair. C'est John Lloyd.

— C'est lui, c'est bien ça, acquiesce un blondinet, la raquette à la main.

— Je veux que mes collaborateurs aient accès à vos fichiers, ordonne le lieutenant. Qu'ils puissent consulter la liste des membres et toutes les informations liées à leur inscription.

— Tout est derrière, dans le bureau.

— Allez-y! indique Rhys à ses collègues. Depuis quand John Lloyd joue ici?

— Un an environ.

– Vous l'avez vu ces derniers temps ?

– Plus depuis un mois, souligne le dirigeant, le regard soucieux. Il a fait quelque chose de mal ?

– Comment se comportait-il ? poursuit le lieutenant en ignorant la question.

– Il était sympa, intervient un quinquagénaire. Il payait toujours le coup.

– Il avait les moyens, c'est sûr, reprend le patron. Il réglait en espèces.

– Savez-vous où il habite ?

– Son adresse est notée dans les registres.

– Marié, des enfants ? insiste Rhys.

– Je ne crois pas, réplique le responsable. Enfin… je ne sais pas. Il était plutôt secret. Il ne lâchait rien sur sa vie privée.

– Et avec les femmes ?

– Le flirt, c'était naturel chez lui.

– Il y en avait une en particulier ? interroge Rhys.

Un silence de plomb s'abat dans la pièce.

– Bonnie, divulgue une femme en agrippant sa fillette.

– Bonnie qui ?

– Celle dont tout le monde parle aux infos, rétorque le patron. Bonnie Thomson. Des flics se sont pointés ici à l'époque de sa disparition, il y a un mois.

Les détectives surgissent du bureau, des cartons sous les bras.

– John Lloyd est enregistré sous une fausse adresse, déclare l'un d'eux. Il n'existe pas.

181

– Ça veut dire quoi, ça ? réagit le dirigeant.

– Que John Lloyd n'est pas son vrai nom, répond Daniel Rhys. Il avait une voiture ?

– Une Ford Mustang, affirme un type au bar.

– Parfait. Ces agents vont prendre vos dépositions, conclut Rhys.

Son portable se met à vibrer au fond de sa poche. Il sort du club-house.

– C'est Donna. J'ai terminé l'autopsie. Le labo a travaillé en temps réel.

– Tu as des éléments ?

– La terre sous les ongles de Geoffrey Arnold est la même que celle retrouvée sur le corps de Bonnie Thomson.

– Un autre point commun, grommelle Rhys. Et du côté de la corde ?

– Malheureusement rien. Nous avons affaire à un tueur organisé, extrêmement méticuleux.

– Il faudra bien qu'il commette une erreur ! s'énerve Rhys.

– Tu la trouveras, rassure Donna. J'ai autre chose. Avant d'étrangler sa victime, l'assassin l'a droguée.

– Avec quoi ?

– Du Gamma-OH. Les tests sanguins sont irréfutables.

– La drogue des violeurs.

– Exactement. Inodore et sans saveur. On verse la poudre dans un jus de fruit et la victime est réduite à la soumission la plus totale.

182

– Voilà pourquoi il n'y a aucun signe de défense. Geoffrey Arnold était dans l'incapacité de résister lorsque le criminel l'a étranglé de ses mains.

– Avec des gants, précise Donna. Pas d'empreintes relevées sur la peau.

– Le salaud !

28

Le Web Café affiche complet. Essentiellement des jeunes qui pianotent sur les claviers. Rhys traverse la salle dans l'indifférence générale, suivi de Nathan et Gahan. Ce dernier s'est incrusté, inquiet pour son ami. Ils gagnent le vaste bureau de Pearce. Christopher émet un sifflement admiratif.

Marini fait les présentations. Pearce et Gahan se saluent chaleureusement. Si Harvard et le M.I.T. se font concurrence dans certaines matières, le respect est là. Ce sont deux informaticiens de haut vol, excités à l'idée de collaborer. Quant à Nathan, il dévisage le colosse noir, l'incarnation du F.B.I. Cette affaire prend des proportions insensées.

— La liste des joueurs anonymes s'allonge ! Justin est introuvable, annonce Craig. Tout comme John.

— Il serait bon d'enquêter dans l'entourage de Lise, l'agent immobilier, suggère Marini. Mais seul Tommy peut intervenir sans attirer l'attention. L'avatar est légitime dans son rôle de policier.

– Mettons Kelley Kane sur le coup, réplique Rhys. Où est-elle ?

– En route pour venir ici, répond Emerick. En attendant, messieurs, vous pourriez retrouver l'heure à laquelle John a adressé son premier message à Nat jeudi soir. Celui qui disait : « *Tu l'as tuée. Tu as tué Bonnie.* »

Craig et Pearce se serrent devant les écrans. Island s'affiche sous plusieurs angles. Les deux hommes s'acharnent sur leurs claviers. Ils donnent l'impression de jouer une partition à quatre mains.

– 18h07, lâche Craig. Nat ne l'a lu qu'à 19h10, à son retour du commissariat.

– L'assassin a été repéré à Battery Street au volant de son pick-up aux alentours de 18 heures 30, rappelle Marini. Il a donc mis un maximum de vingt-trois minutes pour aller de son ordinateur à Battery Street.

Le lieutenant Rhys placarde la carte de Boston au mur. Nathan les regarde l'étudier comme si elle était la clef qui les conduirait au coupable. Ils sont concentrés. Marini brandit une règle et un crayon.

– D'après les spécialistes, le tueur ne pouvait excéder les vingt kilomètres-heure de moyenne en ville, jeudi soir.

Il trace un cercle à l'échelle de la carte, Battery Street au centre.

– Voilà ! Le criminel habite dans cette zone, affirme le détective. À moins qu'il n'ait utilisé une machine qui ne lui appartient pas, ailleurs que chez lui.

– Ça ne me semble pas correspondre à son profil

psychologique, désapprouve Rhys. Il ne laisse rien au hasard. J'irais même jusqu'à dire qu'il est maniaque, attaché à son matériel. Il a besoin de son espace clos pour agir à distance.

— Je m'occupe d'obtenir la liste des habitants de ce secteur, propose Marini. Le centre des impôts peut nous la fournir.

— Le service d'immatriculation devra nous signaler qui possède un pick-up ou une Ford Mustang parmi ces résidents, poursuit le lieutenant Rhys.

— Et les impôts nous apprendre qui est propriétaire d'une maison secondaire dans la région, ajoute Emerick.

Marini décampe sur-le-champ. Devant le Web Café, il croise Kelley Kane, accompagnée de l'assistant d'Emerick.

— Vous en avez mis du temps ! les rabroue-t-il.

— Madame avait un problème à régler sur Island, ironise l'agent du F.B.I. Et je vous mets au défi de la faire obéir !

— Magnez-vous. On a besoin de Tommy, conclut Marini en courant à sa voiture.

À peine Kelley a-t-elle fait irruption dans l'arrière-salle du Web Café que Nathan se précipite, visiblement soulagé de la voir.

— Installez-vous par là, mademoiselle Kane, ordonne le lieutenant Rhys. L'agent Tommy doit enquêter pour nous.

— Quelle est sa mission, s'il l'accepte ?

— Joindre l'assistante de Lise, faire ouvrir l'agence

immobilière, interroger le personnel et fouiller les dossiers clients, annonce Rhys.

– J'espère que Tommy est payé en heures sup! plaisante la jeune femme.

Elle s'assoit à la place qu'on lui indique et saisit son mot de passe. Elle se retrouve au commissariat d'Island dans la peau de son avatar.

Depuis son bureau, Tommy contacte l'adjointe de Lise qui lui répond dans la minute. Ils se fixent rendez-vous à l'agence. La fille se charge de convoquer la dizaine d'employés. Belle petite entreprise...

Le flic stationne le long de la marina et de ses commerces huppés, fermés le dimanche. On se croirait en vacances. L'eau ondule doucement et miroite sous l'effet du soleil. Restaurants et glaciers sont pris d'assaut par les visiteurs. L'assistante de Lise l'attend devant la boutique. Elle l'invite à entrer, le deuil se lit sur son visage.

– *Qu'est-ce qu'on va devenir sans Lise? se désole-t-elle.*

Elle lui présente les collaborateurs de l'agence.

– *C'était une sacrée bonne femme! confie un type, la mine consternée. Elle a bâti une fortune à partir de rien. Elle s'était fait un nom dans le métier. Sans elle...*

– *Il n'y a plus d'agence! coupe un autre avatar.*

– Incroyable! commente Rhys. D'après les témoignages, Geoffrey Arnold était un introverti, replié sur lui-même et sa petite vie monotone.

– Sur Internet, l'ego, le moi idéal fonctionnent en

toute liberté, ils deviennent tout-puissants, s'immisce Gahan. L'internaute est invulnérable, protégé de la vue des autres. Il se construit une personnalité proche de celle qu'il aimerait avoir. C'est un jeu de rôles.

– *Ces dernières semaines, avez-vous perçu un change-ment chez Lise ? interroge l'agent Tommy.*

Tous se regardent dans le blanc des yeux. Ils hésitent.

– *C'est vrai…, concède l'assistante de Lise. Elle était encore plus excentrique que d'habitude.*

– *Vous êtes tous de son avis ? insiste Tommy.*

Les avatars acquiescent.

– *Pouvez-vous être plus précis ?*

– *Elle a toujours eu des aventures, avance une blonde pulpeuse. Disons qu'elle était moins discrète. Elle passait des coups de fil depuis l'agence. On entendait des conver-sations qu'on n'aurait pas dû.*

– *Les mots étaient limite, avoue un autre. Pornogra-phiques parfois. Elle ne se contentait pas d'un seul amant.*

– *Je souhaiterais voir les dossiers clients, exige Tommy.*

L'assistante de Lise pointe les armoires du doigt.

– *Il y en a des centaines ! s'exclame Tommy.*

– *Nous avons répertorié nos clients par ordre alphabé-tique, intervient un collaborateur. Si ça peut vous aider…*

– *Bien sûr ! Montrez-moi la liste.*

Le type fait défiler les noms des clients de Lise sur son écran.

– Kevin ! s'écrie le policier.

– L'agent Kevin, l'un de vos collègues, rougit l'assistante de Lise. *Il avait un ticket avec elle.*

– *Ils se fréquentaient ?*

– *L'agent Kevin est venu ici très régulièrement. Ils se bécotaient dans le bureau de Lise.*

– Kevin est inscrit sur la liste des amis de Lise, prévient Pearce. J'ai vérifié dans les fichiers de Geoffrey Arnold. Ces deux-là s'envoyaient des billets doux ! Du chaud brûlant. À ne pas mettre entre toutes les mains… Ce qui est sûr, c'est qu'elle le faisait grimper aux rideaux !

– C'est Kevin qui a découvert le corps de Lise et donné l'alerte ! enrage Kelley. À la mort de L'Étudiant, il était sur place avec le commissaire principal. Et Kevin est venu voir Tommy ce matin, à son domicile. Il a demandé à me rencontrer dans la réalité pour évoquer les crimes.

– Si Kevin est notre homme, il aurait pu prendre la mouche en apprenant l'identité de Lise, réfléchit Rhys tout haut.

– C'est le jeu, non ? commente Gahan. Dites, je dois corriger des copies. Il faut que je me sauve. Ça va aller, Nathan ?

Son ami lui renvoie un sourire reconnaissant.

– Il faut découvrir qui est Kevin maintenant, et de toute urgence, ordonne Emerick.

– Prenons contact avec le fondateur d'Island, sur le site,

propose Craig. Il consultera le compte client de Kevin. J'utilise Paul pour lui envoyer un message instantané.

— *Bien reçu! répond le P.-D.G. J'attendais de vos nouvelles. Je suis très inquiet, comme vous pouvez l'imaginer.*

— *Je comprends. Nous avons besoin d'une information. Nous voulons connaître l'identité de l'agent Kevin.*

— *Je m'en occupe. Savez-vous que le commissaire principal d'Holytown a signalé les agressions physiques?*

— Il a dit qu'il le ferait, en effet, précise Kelley. Quand on a retrouvé le corps de Lise, il a enfin compris qu'il ne pouvait pas s'agir de simples coïncidences. Il est d'une naïveté confondante!

— Il en a mis du temps! s'agace Rhys

— N'oubliez pas que c'est un faux flic, rétorque Pearce. Seulement un type ou une fille qui s'amuse. Il n'a pas vos réflexes!

— *Que doit-on faire avec lui? demande le créateur d'Island.*

— *Rassurez-le, dites-lui que vous vous chargez des bad boys, et que vous allez les éjecter du jeu, conseille Paul.*

— *Ça y est! Je sais qui est l'agent Kevin.*

29

– Kevin Hill, sur Regent Street, près de Washington Park, balance Craig.

Le lieutenant Rhys appelle Marini au quartier général de la police de Boston.

– On n'a rien sur ce type, lâche le détective. Aucun casier. Pas d'infraction. J'attends son numéro d'immatriculation et la marque de sa voiture. Pas facile de remuer tout ce monde un dimanche !

– Lance un appel aux véhicules de patrouille, rétorque Rhys. Emerick et moi, on y va.

– Je peux en être ?

– Bien sûr. Rendez-vous sur place.

– Ça bouge, chez moi, murmure Nathan.

Craig se penche vers lui.

– Nat vient de recevoir un message, commente l'agent du F.B.I. Ouvrez-le.

– C'est John ! s'écrie Nathan.

– Que veut-il ?

– Voir Nat. Il se dirige vers Cottage Lena.

La voiture de John s'engage dans la propriété de Nat. L'avatar en descend, l'expression amusée.

— T'es qu'un pervers, mon salaud! murmure Nat derrière sa fenêtre.

John frappe à la porte de Cottage Lena.

Nat ouvre, mal à l'aise à l'idée d'un nouveau tête-à-tête avec le tueur.

De son côté, Tommy pénètre dans le Tokyo Bar, un restaurant japonais à la mode. Ses amis sont dingues de sushis. Il arrive le dernier. Tous sont déjà attablés à proximité du comptoir tournant. Poisson cru, riz, soupe de miso, graines de soja cuites et yakitori circulent sous les yeux des consommateurs.

— Hé, Tommy! l'accueille son entraîneur de tir au pistolet. On avait peur que t'aies oublié!

— Oublier les california rolls et le maguro… jamais!

Ses amis éclatent de rire.

Regent Street. Il y a des officiers de police plein l'immeuble. Tous portent des brassards. Sans hésiter, Rhys frappe à la porte de Kevin Hill.

— Police! hurle-t-il. Ouvrez!

Pas de réponse. Juste un grincement. Ils échangent un regard. Par superstition, Rhys tâte son gilet pare-balles, et pense à Diane comme à chaque fois qu'il se met en danger. Elle avait tellement peur qu'on lui annonce sa mort…

Marini vise la serrure. Son bras ne tremble pas. Il

appuie sur la détente. La détonation ébranle les murs. Le premier, il s'engouffre dans l'appartement.

John s'assoit confortablement dans le canapé en cuir. Il fait comme chez lui.

— *Tu m'offres un verre ?*

— *Vous vous foutez de moi !* réagit Nat violemment.

— *Oh, oh ! je te croyais davantage maître de tes émotions. Tu perds les pédales, Nat.*

— Ne le lâchez pas ! commande Craig. Si c'est bien lui, Kevin Hill, il faut le retenir le temps que les collègues débarquent dans son appartement.

— *Whisky, soda, jus de fruit ?* propose Nat, radouci. *Ou peut-être un lait fraise ?*

John rit sans modération.

— *Un Coca m'ira très bien. Et prends-toi quelque chose, j'ai horreur de boire seul.*

Nat disparaît dans la cuisine, s'empare des canettes dans le frigidaire, et revient s'installer dans le salon. John a posé ses pieds sur la table basse.

— *Pourquoi cette visite ?*

— *Tu me manquais, mon vieux Nat !*

— *Que voulez-vous ?*

— *Te parler de Bonnie, d'Eliot et de Geoffrey… Avec qui d'autre pourrais-je partager leur mort ?*

— *Pourquoi eux ?*

— *Le mari de Bonnie avait de la merde dans les yeux !*

Elle se sentait abandonnée. J'ai réglé le problème! Et puis, il me fallait une victime à balancer sous ta Cadillac.

— *Et Eliot?*

— *L'Étudiant était dans ton cours. Pas mal, l'idée de la caméra, hein? Quant à Lise, elle t'a vendu Cottage Lena. Je voulais te foutre la trouille. Que l'étau se resserre, Nat. Mais tu n'as encore rien vu!*

— *Qu'avez-vous en tête?*

— *Ma prochaine victime.*

Ils sont une dizaine autour de la table.

— *Je vous présente Justin, prononce une amie de longue date.*

— Justin! articule Craig, stupéfait.

— Quoi, Justin? intervient Nathan derrière son poste.

— Justin est à la table de Tommy, explique Craig.

— C'est bien le même avatar que Paul a croisé à Cottage Lena, intervient Pearce.

— Vous êtes sûr? s'émeut Nathan.

— Je n'oublie jamais un visage, confirme Pearce. Surtout sur le Web. Et les rouquins ne courent pas les rues! Demandez-lui quelle est sa profession.

— *J'ai monté une entreprise d'entretien d'espaces verts, répond l'avatar. Je travaille exclusivement pour de grosses propriétés.*

— Les grands domaines sont excentrés, relance Tommy. Tu dois souvent être à la campagne, je suppose.

— *Il y a pas mal de boulot en ville aussi. Des hôtels*

particuliers avec jardins, des terrasses que l'on ne soup-
çonne pas depuis la rue.

– Je me suis rendu dans une magnifique propriété, à
vingt minutes d'ici, déclare Tommy. Pour raison profes-
sionnelle.

– Ah oui ? Où ça exactement ? demande Justin en
manipulant ses baguettes avec dextérité.

– Cottage Lena.

Tommy observe la réaction du jardinier. Le shake – une
tranche de saumon étalé sur du riz vinaigré – tombe des
baguettes dans le bol de sauce de soja et éclabousse Justin.

– Merde ! s'offusque sa petite amie, des taches plein la
robe.

Regent Street. Des bruits de pas. Une fenêtre qu'on
ouvre. Le crissement d'une échelle qu'on tire. Le type
tente de s'enfuir par l'extérieur. Marini galope à ses
trousses. Emerick rebrousse chemin, donne ses ordres
dans un talkie-walkie. Des officiers de police barrent la
rue de chaque côté et attendent de cueillir le fugitif au
pied de l'immeuble. Il a peu de chances d'en réchapper.
Rhys s'approche de la fenêtre. Il voit le détective des-
cendre à toute vitesse, rattraper Kevin Hill.

Marini plonge en avant. Les deux hommes s'affalent sur
une plate-forme en fer rouillé. Les coups de poing fusent.
Le détective réussit enfin à menotter Hill. Il le pousse vers
le bas de l'échelle. Emerick récupère le paquet et le bouscule dans une voiture de flic.

— Passons aux choses sérieuses, poursuit John.

— Parce que trois morts, ce n'est pas sérieux ?

— Nat, sans toi ces gens seraient encore en vie à l'heure qu'il est.

— Mais qu'est-ce que je vous ai fait ?

— Tu le devineras bien assez tôt. J'ai modifié la règle du jeu, histoire de le pimenter un peu.

Nat serre les poings. Il est face au mal et il attend.

— Je ne l'ai pas encore enlevée, annonce John.

— Qui ?

— La prochaine victime.

— Tu connais Cottage Lena ? reprend Tommy.

— Oui, le propriétaire m'a engagé.

— Nat, c'est ça ?

Justin semble brusquement mal à l'aise.

— Tommy, ça suffit ! s'immisce l'un de ses copains. Fous-lui la paix !

— Nat est impliqué dans des affaires de meurtres ! coupe Tommy. Mais peut-être que quelqu'un tire les ficelles, quelqu'un qui le connaît. Comme son jardinier. Dis-moi, Justin, tu l'aurais pas connue par hasard, Jerry ? Elle en pinçait peut-être pour les rouquins !

— Cette fille ? rétorque Justin en tapant sur la table. Une vraie coincée !

30

– Veuillez décliner votre identité.

– Kevin Hill.

– Âge ?

– Vingt-sept ans.

– Situation de famille ?

– Célibataire.

– Des enfants ?

– Non.

– Profession ?

– Employé de banque.

La voix tremble. L'homme est tassé sur sa chaise, les épaules voûtées. Il est pris au piège.

– Une petite amie ?

– Oui. Nous allons bientôt nous marier.

– Son nom ?

– Vous ne lui direz rien ? s'affole-t-il. Elle n'est pas au courant...

– Au courant de quoi ?

– Que je surfe sur Island.

— Et alors ? Ce n'est qu'un jeu.

Kevin Hill rougit violemment. Marini ne le quitte pas des yeux. Il le tient, il ne le lâchera pas.

— Craignez-vous qu'elle apprenne des trucs qui lui fassent regretter de vous avoir rencontré ? s'acharne Marini.

— Des avatars sont morts, pleurniche Hill. Je sens le coup foireux.

— En quoi cela vous concerne-t-il ?

— Je suis flic ! Je veux dire, mon personnage est l'agent Kevin, policier à Holytown.

— En effet. Et c'est l'agent Kevin qui a découvert le corps pendu de Lise.

— J'effectuais ma ronde, bégaye le jeune homme. C'est le hasard !

— Ah oui ? Il y a des témoins ?

Kevin Hill se prend la tête entre les mains.

— Il n'y en a pas, insiste le détective. Vous étiez seul dans la voiture de patrouille. Vous auriez pu la tuer et donner l'alerte.

— Non ! C'était une amie.

Marini se penche au-dessus de la table, l'expression menaçante.

— Ça, nous le savons, monsieur Hill, lui jette-t-il à la figure.

— Mais… Lise n'était qu'un avatar ! De quoi suis-je accusé ?

— Quels étaient vos rapports avec elle ?

– On s'appréciait.

– Les employés de l'agence immobilière prétendent que vous étiez intimes.

– Bon sang! L'agent Kevin fréquentait Lise, et alors? se défend Hill. Island n'est qu'un jeu, vous l'avez dit vous-même!

– Et pour L'Étudiant?

– J'ai accompagné le commissaire principal sur les lieux du drame. C'est tout!

– Vous êtes allé voir l'agent Tommy ce matin. Vous lui avez proposé de le rencontrer dans la réalité afin d'évoquer la situation.

– C'est vrai! Trois morts à Island, ce n'est pas logique.

– Pourquoi n'avez-vous pas alerté la direction du jeu?

– C'est de la responsabilité du commissaire principal. Il avait prévu de le faire.

– Connaissez-vous Eliot Dunster?

– Le garçon retrouvé assassiné sur les berges de la Charles River?

– Oui.

– Pas du tout! Je l'ai seulement vu à la télé.

– Eliot Dunster était L'Étudiant, gronde Marini.

La respiration du suspect s'accélère. Il est à deux doigts de craquer.

– Je ne l'ai pas tué, je vous le jure.

– Et avec Lise, vous aviez une aventure? Vous vous donniez du plaisir à distance? s'entête Marini. Ça plaira sûrement à votre future épouse!

– C'était la première fois. Il n'y a eu qu'avec Lise.

L'interphone se met à sonner. Marini décroche.

– C'est Rhys. Bravo, petit, tu l'as bien joué. Mais à l'évidence ce n'est pas notre homme. Les services n'ont découvert aucune infraction à la charge de ce type. Rien du côté de son véhicule, ni de ses pneus. Il chausse du 41. Et le contenu de son disque dur est d'une banalité affligeante.

– D'accord, répond Marini en reposant l'appareil.

Il fixe Kevin Hill sans détour.

– Pourquoi avoir fui ?

– J'ai eu la trouille. Jerry, L'Étudiant… et maintenant Lise ! Il se passe un truc bizarre. La preuve !

Marini fait mine de quitter la pièce.

– Je suis libre ? s'empresse Kevin Hill.

– Pas encore.

– J'ai rendez-vous avec ma fiancée !

– À votre place, je reporterais. Vous avez droit à un seul coup de téléphone, monsieur Hill. À vous de choisir…

Marini lui fausse compagnie, content de son petit effet. Faire mariner le type, lui foutre les pétoches pour lui donner la leçon. Pourvu qu'il la retienne.

Le détective tombe sur Daniel Rhys, qui observe Kevin Hill à travers le miroir sans tain.

– Qu'en pensez-vous ? demande Marini.

– Seulement un idiot qui trompe sa femme sur Internet.

– On ne va quand même pas attendre la quatrième victime, les bras croisés ! s'agace Marini.

– Qui pourrait être dans la ligne de mire de l'assassin ? rebondit le lieutenant Rhys. John a reporté la responsabilité des meurtres sur Nathan. Mais quel est le mobile ?

– Il n'y a pas le moindre lien entre Nathan, Bonnie, Eliot et Geoffrey, répond Marini. Quant à leurs avatars, si Nat connaissait L'Étudiant et Lise, il n'avait jamais croisé Jerry avant l'accident. On tourne en rond. C'est peut-être là, sous nos yeux, et on ne le voit pas.

Le téléphone portable de Rhys vibre dans sa poche.

– C'est Emerick. Tommy a fini de déjeuner avec ses amis. Justin était présent, figurez-vous ! Kelley Kane a poussé l'avatar à bout. Il a avoué qu'il connaissait Jerry.

– On sait qui est Justin ?

– Toujours pas ! Manifestement, il est à jour de cotisation à l'association des joueurs anonymes ! grince Emerick.

– Comme John.

– Mais j'ai une bien meilleure nouvelle. Paul s'est caché dans le coffre de la voiture de John pour le prendre en filature. Ils viennent de quitter Cottage Lena.

– Excellent ! On vous rejoint tout de suite.

La route est chaotique. Paul est malmené. Et cette foutue hantise de l'enfermement ! C'est insupportable. Penser à autre chose. À John qui est au volant et ne se doute de rien. Le véhicule freine brusquement puis s'arrête. Paul entend une portière claquer, des bruits de pas qui s'éloignent. Il est pressé de retrouver l'air libre, mais il préfère patienter encore, laisser de l'avance au tueur.

Puis Paul soulève délicatement le coffre et tente de repérer un mouvement à l'extérieur. Mais rien. Il déplie son corps, passe une jambe en avant et s'accroupit derrière la voiture. Il est en rase campagne. Autour de lui, des pâturages. Tout près, une vieille ferme qui semble abandonnée.

Paul décide d'approcher. Il se dissimule dans les herbes folles. Il rampe. Il se méfie de tout, même des buses qui survolent la ferme. Et si les rapaces étaient des avatars créés par des joueurs et non des pièces du décor ? Il atteint un mur de pierres. Il frôle la bâtisse, prenant garde à ne pas buter sur un caillou. Il contourne l'édifice. Quelques fenêtres donnent de ce côté, sur une épaisse forêt. Il doit jeter un coup d'œil à l'intérieur. Il progresse pas à pas, scrute les alentours. Il n'y a personne. C'est presque trop facile. Le premier carreau n'est plus qu'à quelques mètres. Encore un effort. Il avance la tête, met une main en visière et colle son visage à la vitre.

Deux hommes se font face. Cette chevelure… La discussion semble orageuse. John pointe un doigt agressif vers l'inconnu. Il le bouscule. Paul a cessé de respirer, tétanisé. L'étranger se retourne, la mine déconfite. Paul s'écarte brusquement et étouffe un cri de surprise.

31

Se tirer de là, ne pas se faire repérer… Paul se relève, longe le mur, puis file en direction de la forêt. Il court droit devant. Une ronce entaille sa cheville. Une branche érafle sa joue. Peu importe. Il doit fuir. Fuir sans être vu. Il s'enfonce dans les bois, de plus en plus vite, de plus en plus loin.

— Il n'y a que des champs et des arbres à des kilomètres à la ronde, avertit Craig. Il faut le téléporter, c'est la seule solution.

— Paul n'a pas assez de fric, rétorque Pearce.

— Je contacte le P.-D.G. d'Island sur un autre poste. Je lui demande d'assurer le transport.

L'agent du F.B.I. s'exécute. L'ombre de John plane dans l'arrière-salle du Web Café. L'angoisse est palpable.

— Tu peux effectuer la manip, annonce Craig.

Ian Pearce déplace son curseur vers la barre des options, ouvre le volet «Déplacements» et sélectionne le mode téléportation.

— Direction Cottage Lena, enjoint Craig.

— Alors ? Où en est Paul ? s'impatiente Marini, de retour avec le lieutenant.

— Sauvé ! articule Pearce. Réfugié sur le canapé de Nat, de la terre et des feuilles plein les semelles.

— Il a vu quelque chose ? interroge Rhys.

— Il a suivi John jusqu'à une vieille ferme isolée où le criminel avait rendez-vous, explique Emerick. Et devinez avec qui ? Justin !

— On vient d'assister à une véritable engueulade entre les deux zigues, balance Pearce.

— John et Justin se connaissent ? s'étonne Rhys.

— C'est évident, confirme Craig.

— Je l'ai engagé il y a six mois, s'immisce Nathan. Juste après avoir acheté Cottage Lena. Je lui faisais confiance, le salaud !

— Comment l'avez-vous recruté ? questionne Marini.

— Par Lise. Elle me l'a chaudement recommandé.

— Lise jouait sûrement les entremetteuses entre les propriétaires et le jardinier, réfléchit tout haut le détective.

— Puisqu'on parle jardinerie, j'ai reçu un rapport d'expertise tout à fait passionnant, annonce Scott Emerick. Des arbres malades ont été repérés dans le New Hampshire. La rouille correspond. Les aiguilles trouvées sur le corps de Bonnie Thomson proviennent de la région de Concord.

— Banco ! commente Rhys.

On frappe à la porte. Le lieutenant se dépêche de vérifier qui vient.

– Je suis le P.-D.G. d'Island. Je cherche l'agent spécial Emerick.

– C'est moi ! Nous vous attendions avec impatience.

Le type a la mine pâlotte, les yeux cernés. Difficile de dire ce qui, du décalage horaire ou du trop-plein d'informatique, en est la cause. Sans doute les deux. En tout cas, ce surdoué du Web s'est enrichi sur le Net. Il a même fait la couverture de *Time magazine*.

– Craig vous a tenu informé point par point, entreprend Emerick. Comment pouvez-vous nous aider ?

– En découvrant s'il y a une faille dans le système de sécurité et en la réparant. Et surtout, si j'ai bien compris, en déterminant l'identité de ceux qui se cachent derrière John et Justin.

– Il y a eu trois meurtres, souligne Rhys. Le tueur ne s'arrêtera pas là.

– Je sais. Justin possède une entreprise d'entretien d'espaces verts. On peut envoyer des bannières publicitaires à son adresse.

– Et pour John ? interroge Emerick.

– Un vrai fantôme. Ce sera plus difficile.

– Ce serait intéressant de savoir à qui appartient la ferme, intervient Marini. Si c'est à John, cette habitation peut être un moyen de remonter jusqu'à lui.

– Je m'en occupe immédiatement. Il n'est pas question de laisser Island aux mains d'un criminel. Le jeu a été créé pour donner du plaisir à ses résidents. Pas pour tuer.

– L'assistante de Lise vient de m'adresser un message,

interrompt Nathan, sous tension. Je sais que ce n'est pas le moment, mais...

— Nous ne devons rien ignorer, l'encourage Craig. Que veut-elle ?

— *Nat, je ne voudrais pas vous déranger, mais une personne est passée récemment devant Cottage Lena. Elle est tombée amoureuse de la propriété et veut l'acheter. Elle est prête à y mettre le prix. Seriez-vous intéressé ?*

C'est une occasion en or pour se débarrasser de son patrimoine et récupérer ses billes. Fuir cette terre d'exil.

— Je suis d'accord, répond Nat.

— *Oh, formidable ! s'enthousiasme l'assistante de Lise. L'acheteur est juste à côté de moi. Nous pourrions visiter maintenant ?*

— Je ne bouge pas.

— *À tout de suite !*

Quelques secondes passent et on sonne. Nat ouvre la porte. L'assistante de Lise est pimpante.

— Merci, Nat, de nous accueillir aussi vite, dit-elle.

— C'est normal.

Une femme l'accompagne. Elle leur tourne le dos, semble contempler le jardin. D'elle, il ne voit que ses longs cheveux, sa jolie robe d'été, et ses jambes interminables.

— Madame ? ose poliment l'assistante de Lise.

Elle fait volte-face et plante son regard dans celui de Nat. Son sourire est carnassier.

Nathan lâche sa canette de Coca. Elle se renverse sur son pantalon, s'écrase sur le sol. Son cœur s'est arrêté de battre. L'air ne parvient plus à ses poumons. L'écran se trouble, les pixels se brouillent. Il va se sentir mal.

– C'est elle… mon Dieu, c'est elle ! bégaye Nathan.

32

– Qui, elle ? hurle Marini.

– Ethel ! lâche Nathan. Mon ex-femme…

Sa voix se brise.

– *Un grand merci à vous de me recevoir, articule la jeune femme. Je m'appelle Ethel.*

Elle ponctue la phrase d'un clin d'œil.

– *Nous vous suivons ? propose l'assistante de Lise.*

– *Pourquoi ce nom, « Cottage Lena » ? demande Ethel.*

Ces mots agissent sur lui comme un électrochoc. Nathan saisit brusquement son téléphone portable et appuie sur les touches. La sonnerie retentit, le répondeur s'enclenche. Il raccroche, compose un autre numéro. Même résultat.

– Personne, annonce-t-il.

– Il faut que Nat réponde, sermonne Craig.

– C'est ma femme dont on parle !

– Donnez-moi son adresse, exige Marini. Dépêchez-vous.

Nathan la note sur un bout de papier.

— Allons-y, déclare le lieutenant Rhys.

— Ethel n'a pas d'ordinateur, gémit Nathan. Elle déteste ces jeux. Cet avatar, ce n'est pas elle. Qu'est-ce qui lui est arrivé ? Dites-moi ! Que se passe-t-il ?

— Nathan ? Craig a raison, vous devez poursuivre le jeu. La partie n'est pas perdue ! le secoue Scott Emerick avant de disparaître avec ses deux collègues.

— *Je connais une Lena, concède Nat.*

— *Quelqu'un de votre famille peut-être ? insiste l'avatar, le sourire en coin.*

— *Nous commençons par l'étage ? suggère l'assistante de Lise.*

Ethel affiche une moue perfide qui lui fait froid dans le dos. Nat a la rage. L'envie de tout foutre en l'air. Mais n'est-ce pas justement l'objectif du tueur ? Pas question de céder. Elle veut jouer ? Elle va être servie !

— *Voici la chambre principale, prononce-t-il avec détachement. Une grande pièce, très ensoleillée. Avec une salle de bain privative. Et un Jacuzzi !*

— Je deviens fou ! fulmine Nathan. Je suis là, à parler avec l'incarnation virtuelle d'Ethel, alors qu'il y a plus urgent. Où est Lena ? Où est ma fille ? Il faut que j'appelle mes beaux-parents.

La voix du père d'Ethel résonne à son oreille.

— Nous avons Lena pour la journée, explique-t-il. Elle est bien avec nous, pas de problème. Ethel avait un rendez-vous…

Nathan a toujours apprécié ses beaux-parents, des gens

charmants qui l'ont traité comme un fils. Mais pour la première fois, il sent de la gêne, une hésitation dans le ton.

– Depuis quelque temps, un type lui tournait autour, reprend son beau-père. Elle a fini par accepter un déjeuner à contrecoeur.

Les enquêteurs déboulent à l'adresse d'Ethel. Des voitures de patrouille encerclent déjà l'immeuble. Marini sonne, tambourine à la porte. Rhys appuie le canon de son arme contre la serrure et tire. Ils pénètrent dans l'appartement. Ils sont sur le qui-vive, prêts à réagir au moindre bruit. Le salon semble avoir été dévasté par un typhon. Un fauteuil est renversé, une lampe s'est brisée sur le parquet, le contenu d'un vase est répandu sur le tapis.

– Des traces de lutte, commente Emerick.

Les flics se précipitent dans toutes les pièces, ouvrent les placards, examinent chaque recoin.

– Lieutenant Rhys ! tonne une voix. Venez voir la chambre…

Des agrandissements de photos sont placardés au mur. L'effet est saisissant. Morbide. Jerry et Bonnie écrasées, le corps désarticulé. L'Étudiant et Eliot noyés, le visage gonflé d'eau. Lise pendue à un arbre. Geoffrey étranglé, les yeux exorbités, étendu sur le sol. Et Ethel. La jeune femme est en position foetale, du ruban adhésif sur la bouche, les mains attachées dans le dos, le regard terrifié.

— Merde ! Je veux qu'on passe cet appartement au peigne fin, exige Rhys en colère.

— La machine à café a fonctionné. Il y a deux tasses sur l'égouttoir, indique Marini. Ça confirme ce que ses parents ont dit à Nathan : elle avait un rendez-vous. Ils se sont installés dans le salon et ont bu tranquillement le café.

— Avant que son invité ne lui saute dessus et qu'elle ne tente de se défendre, grogne l'agent spécial Emerick.

Se retrouver face à Ethel, répondre à ses questions, donne à Nat l'impression de vivre dans la quatrième dimension. Sans compter les regards et les sourires machiavéliques qu'elle lui lance dans le dos de l'assistante de Lise. Il en a la chair de poule.

— Combien en demandez-vous ? réclame Ethel.

— Très cher.

— Votre prix sera le mien.

— Toujours plus cher que vous ne pourrez l'acheter.

L'assistante de Lise le dévisage, interloquée.

— Je vous laisse réfléchir, ironise Ethel. Je sais où vous trouver.

33

– Qu'est-ce qu'il y a, papa ? s'inquiète Lena.

La voix de sa fille coule en lui comme l'eau claire d'une rivière. L'émotion est trop forte. Les larmes mouillent ses joues, il est incapable de les retenir. S'il n'était pas entré dans ce maudit jeu, rien de tout ça ne serait arrivé. Ethel, entre les mains d'un tueur ! Cette pensée l'obsède et le rend fou.

– Papa, tu sais où est maman ? Elle aurait déjà dû venir m'chercher. Et en plus, c'est ta semaine ! Pourquoi tu me prends pas avec toi ? Pourquoi maman n'est pas là ?

– Tout va bien, ma puce, répond-il doucement.

Il se mord les lèvres.

– C'est le travail, tu sais, la rassure-t-il.

– Tu dis ça tout le temps !

Nathan blêmit.

– Le premier qui aura terminé viendra te récupérer. Ça te va ?

– Ce sera quand ?

– Dès qu'on pourra, je te promets. D'accord ?

– D'accord. Je t'aime, papa.

Les mots résonnent dans sa tête, se plantent dans son cœur. Il n'a rien de plus précieux au monde que Lena. Et Ethel.

Elle raccroche. Nathan fait glisser le téléphone le long de sa joue. La colère le saisit, se répand dans tout son corps comme la lave d'un volcan en fusion. Elle inonde son esprit. Des éclats de voix lui parviennent mais il ne les entend pas. Kelley s'approche et le prend dans ses bras. Il est tétanisé. Bonnie, Eliot, Geoffrey... assassinés ! Qu'est-ce que le tueur va faire d'Ethel ? Elle est forcément la quatrième victime. Mais pourquoi ? Il ne connaît même pas ce John. Il a beau se concentrer, tenter de faire remonter un souvenir à la surface, il ne voit rien qui concerne ce type. Son visage d'avatar ne lui rappelle rien.

Soudain il s'écarte, saisit une bouteille et la projette violemment contre le mur. Elle éclate. L'eau se déverse. Tous le regardent, affligés. Il ne veut pas de leur pitié. Il veut Ethel.

– Nathan... s'il te plaît.

Kelley. Sa voix apaisante. Il n'y a que les femmes pour savoir rassurer.

– On doit retrouver Ethel. On a besoin de toi. Rien n'est perdu, tu entends ?

– Il va la tuer.

– C'est son projet, confirme Craig d'une voix grave. Mais il ne l'a pas encore fait. Et vous savez pourquoi ?

Parce qu'il a besoin de jouer. Il veut faire durer la partie. Il en jouit.

— La ferme appartient à une compagnie off-shore! déclare subitement le P.-D.G. d'Island.

— Une compagnie off-shore? réagit Nathan. C'est quoi ce délire?

— Je poursuis les recherches, j'espère découvrir qui se cache derrière la société de financement. Quant à John et Justin, ils restent introuvables.

— Et Ethel conduit à un joueur anonyme, une fois de plus, informe Pearce avec délicatesse.

— Où en sont-ils? On n'a aucune nouvelle! s'énerve Nathan. Ils sont chez Ethel. Ils ont même eu le temps d'en faire trois fois le tour! Pourquoi ils n'appellent pas?

Appartement d'Ethel. Rhys n'entend plus rien. Seulement les objets. Ils sont de précieux témoins. Il suffit que l'un d'eux veuille bien parler et tout lui raconter, alors il saura.

Tout à coup, son regard se fige. C'est là, sous ses yeux... Le cœur de Rhys s'emballe.

Dans l'arrière-salle du Web Café, une sonnerie stridente retentit à travers les baffles d'un ordinateur. Tous sursautent.

214

— C'est John! annonce Nathan. Qu'est-ce que cette ordure vient foutre chez moi?

— On va bientôt le savoir, répond Craig. Ouvrez.

John le bouscule. Son regard est hargneux. Nat, n'écoutant que sa rage, baisse la tête et lui rentre dedans. Il l'empoigne par les épaules et bascule avec lui sur le tapis. Il fracasse la mâchoire de John avec son poing.

— *Où est Ethel? hurle-t-il. Vous n'avez pas intérêt à la toucher! Je vous préviens, j'aurai votre peau.*

John se laisse malmener, les yeux brillants d'une froide indifférence. Un filet de sang coule de sa bouche. L'assassin se relève en titubant. Un sourire cruel flotte sur ses lèvres.

— *Tes petits copains flics peuvent toujours essayer de la retrouver, ils n'y parviendront pas. C'est entre toi et moi.*

— *Que me reprochez-vous? Dites-le-moi!*

John ignore la question.

— *Comment vais-je la tuer, Nat? Qu'en penses-tu? J'aime changer de technique à chaque fois. Découvrir de nouvelles sensations. La brûler vive et voir son corps se consumer? Ramasser ses cendres pour te les offrir? Tu les conserverais sur ta cheminée. Pas mal, non? Mais c'est vrai, tu n'as pas de cheminée.*

— Il est venu chez moi, s'affole Nathan. Il sait tout de ma vie. Il a décidé de me détruire et je ne sais même pas pourquoi. Il se fout d'Ethel, il va la tuer si on ne fait rien. C'est un monstre!

– *Tu ne réponds pas, Nat? Tu as raison, c'est hors sujet. La vraie question n'est pas comment, mais quand?*

Nat est pétrifié.

– *Tu es un peu long à la détente, Nat! Je dois décider de tout, toujours.*

John sort un crayon et un papier de sa poche. Il coupe la feuille en deux. Nat le regarde, ahuri.

– *On va s'en remettre au hasard, déclare le tueur. J'écris un nombre d'heures sur chaque bout de papier. Je les plie. Un dans ma main gauche, un dans ma main droite. Tu faisais pas ça quand t'étais môme?*

– *Si.*

– *Donc, tu connais la règle. Alors, quelle main tu choisis? À toi de décider! Main droite ou main gauche? Dépêche.*

Nathan est pris de panique. Il recule sa chaise, s'éloigne de son clavier. Il se lève, pose les mains sur sa tête. C'est insensé. Il est incapable de jouer la vie d'Ethel à pile ou face. C'est au-dessus de ses forces.

– Tu dois le faire! hurle Kelley.

– Pourquoi? crie-t-il à son tour en fusillant la jeune femme du regard.

– Parce qu'il ne te laisse pas le choix.

– Parce que si vous ne décidez rien, si vous n'entrez pas dans son jeu, il peut très mal réagir, intervient Craig.

– Que peut-il commettre de pire?

– Tuer Ethel dans la minute, rétorque Pearce. Choisissez une main.

– Je ne peux pas.

– Il le faut, reprend Kelley.

Il se rassoit devant la machine. Ses mains tremblent. Ses tempes bourdonnent.

– Pardon, Ethel..., murmure Nathan avant de désigner une main.

John ricane. Il déplie lentement la feuille. Puis il l'étale sur la table basse. Il se retourne subitement, face à l'écran, comme s'il savait qu'on l'épiait.

– *Passe le bonjour à Paul ! lâche-t-il.*

Il s'évapore. Téléportation. Nat est recroquevillé sur un coussin. Il fixe la table. Fait le tour du salon, hésite, puis se penche en avant. Il saisit le foutu papier. Il a peur. Un nombre apparaît.

Les chiffres dansent sur l'écran.

34

Combien de temps reste-t-il à Ethel ? C'est écrit là, sur l'écran d'ordinateur. Douze heures. Mauvaise pioche.

– Je préviens Emerick.

Craig saisit son portable et compose le numéro. Il prononce quelques phrases.

– Le lieutenant Rhys pour vous, indique l'agent du F.B.I. en tendant son appareil à Nathan.

– Ces jours derniers, est-ce que vous, ou quelqu'un que vous connaissez, avez offert une peluche Shrek à votre fille ? souffle le policier à son oreille.

– Non... pas que je sache.

– Merci, Nathan. Je vous tiens informé.

Le lieutenant raccroche et braque ses yeux sur Marini. Il lui tend la vedette du dessin animé, emballée dans du papier cristal.

– Il y a une étiquette sur le carton, tu vois ? Cette peluche a été achetée dans un magasin du centre-ville.

Au Prudential Center. File sur place, fais ouvrir la boutique et trouve qui a payé ce jouet.

— On ne doit pas lâcher John, annonce Craig. Il faut renouer le contact.

— Comment voulez-vous procéder ? demande le P.-D.G. d'Island. On ne sait même pas où il se cache.

— Si Paul balançait un truc du genre : *« Je veux qu'on discute. Toi et moi, seul à seul »* ? propose Nathan.

Pearce pose ses mains sur le clavier et tape le message. Il n'y a plus qu'à patienter.

— Ça y est ! John est connecté, s'excite le jeune homme.

— *Salut, Paul ! Ce sera un plaisir de te rencontrer. Tu me raconteras ce que tu fais dans la vie. Police de Boston ? F.B.I. ? Gros con ?*

— *La troisième catégorie est certainement la mieux payée. Tu dois le savoir, non ?*

— *Tiens, les flics ont de l'humour maintenant. J'parie qu'ils ont embauché un informaticien de mes deux, un hacker. C'est bien c'que t'es, Paul ?*

— *J'ai roulé ma bosse sur le Réseau.*

— *Pas assez pour m'avoir trouvé.*

— *Ouais, mais toi c'est pas pareil, John. T'es le meilleur, pas vrai ?*

— *Je vois que tu m'connais bien. Rapplique dans dix*

minutes sous l'arbre où j'ai pendu Lise. Ça nous fera de beaux souvenirs à partager.

– C'est comme si j'y étais.

Paul entre dans le parc. Le ciel s'assombrit. Il s'approche du bosquet vers lequel Tommy s'est précipité la veille au soir. Des bandes jaunes scellent encore le lieu du crime et délimitent une petite zone autour de l'arbre. Il se demande bien quels indices la police de la ville compte préserver de cette façon. Et dire que le commissaire principal a donné l'ordre de rassurer la population ! Paul pénètre dans l'espace interdit. Il s'appuie contre l'arbre, il n'est pas superstitieux. John est sans doute dans le coin en train de l'épier. Il faut le laisser venir.

– Le lieu est approprié, non ? prononce une voix derrière lui.

– Ça manque d'imagination, rétorque Paul sans bouger.

John fait le tour de l'arbre et se plante devant lui.

– Y a-t-il un moyen de récupérer Ethel ? Tu veux du fric ? demande Paul.

John éclate de rire.

– Du fric ? J'en ai tellement que c'est à gerber. Chaque matin, quand je me lève, je me demande comment le dépenser, quand toi, petit flic de merde, tu calcules tes économies.

– Alors quoi d'autre ?

– Nat doit payer pour ses erreurs. Et la chance doit tourner, il en a eu assez.

– Qu'est-ce qu'il t'a fait ?

– Décidément, ça vous excite le mobile, sales poulets !

John ne lâchera rien, Paul doit changer de sujet.

– Justin, tu vois qui c'est, je crois ? Le rouquin.

Une seconde de stupeur passe dans les yeux du criminel. Les pupilles s'élargissent furtivement. L'homme et l'avatar ne font qu'un.

– Le jardinier ? Ce minable ?

– Il bossait avec Lise. Et il connaissait Jerry.

– T'as trouvé ça tout seul ou vous vous y êtes mis à plusieurs ? Je parie que vous avez fouillé dans la vie de ce tocard en priant pour découvrir un point commun entre lui et L'Étudiant. Laisse-moi deviner : la bulle, non ?

– Tu t'enfonces, John. Si tu touches à Ethel, c'est perpét'.

– Ne me dis pas que t'as oublié les trois autres !

– Non. Mais on peut négocier.

– Ethel contre l'impunité ? Ne me prends pas pour un abruti. Tu ne sais même pas qui je suis.

– C'est plus qu'une question d'heures. Où est-elle ? Dans quelle cave tu l'as enfermée ?

Soudain, des bruits de pas précipités. La respiration d'un homme.

– Paul ! hurle l'inconnu.

John lui lance un sourire narquois.

– Ne m'en veux pas d'abandonner la scène, se moque-t-il. T'es entre de bonnes mains !

Puis il s'enfuit.

– Paul ! s'énerve le type.

L'homme apparaît à quelques centimètres : le commissaire principal !

– Ne bougez pas ! Je vous arrête !

Paul fait volte-face et prend la tangente.

35

— En plein dans le mille ! beugle le P.-D.G. d'Island. Je sais qui est derrière la compagnie off-shore qui possède la ferme !

— Qui ? réagit le lieutenant Rhys, de retour de l'appartement d'Ethel.

— Orson. Ça vous dit quelque chose ?

— Orson ? s'étonne Kelley. Bien sûr ! C'est le commissaire principal.

— Quoi ? Ce flic est le propriétaire de la ferme ? insiste Emerick.

— Et je me demande bien comment il peut connaître Paul ! s'étonne Craig.

— Ce nom, je l'ai vu quelque part, grommelle Pearce. Attendez, je vérifie… Il est sur la liste des clients de Lise !

— Bon sang ! Pourquoi ne l'a-t-on pas remarqué plus tôt ? s'agace Rhys.

— On s'est précipités sur Kevin, répond Craig.

— Je veux savoir qui est cet Orson ! Magnez-vous.

Le Prudential Center est un gratte-ciel de cinquante-deux étages au cœur de Boston. Il abrite de nombreux commerces et restaurants. Marini fait les cent pas devant la grille du magasin de jouets. Il tente de juguler cette folle envie de canarder la vitrine et de tout bazarder. Et sa femme qui ne répond pas au téléphone. Elle lui fait la gueule, ils ne se sont pas vus du week-end. Où est-elle ?

Soudain, au bout de l'allée centrale, débarquent deux officiers de police qui encadrent un petit mec, le crâne dégarni, la cinquantaine. Ils se dirigent droit vers lui d'un pas pressé.

— Bonjour ! lance le type en approchant. On m'a tout expliqué. Entrons.

Il se dépêche d'ouvrir et d'éclairer la boutique. Marini le suit à l'intérieur et pose le paquet sur le comptoir.

— Reconnaissez-vous ce jouet ? demande le détective.

— Oui. Il est en vente partout. C'est un article très à la mode. Et j'utilise ce papier cristal pour les cadeaux.

— Il y a l'étiquette de votre magasin sous le carton. Qui a réglé l'achat ? La question est capitale, vous le devinez.

— Il suffit que je passe le code-barres sous mon scanner. Tout est répertorié sur ordinateur.

— Alors ne perdons pas de temps ! commande Marini, sous tension.

Le commerçant branche son matériel. La bécane se met à ronronner. L'écran s'illumine. Il glisse le rayon sur le code-barres. Des sons électroniques résonnent dans le magasin.

– Ça y est, j'ai un nom.

– Orson est un joueur anonyme, balance le P.-D.G. d'Island.

– Qu'est-ce que c'est que ce merdier ! s'emporte Emerick.

– Ce n'est pas un, mais des bad boys qui opèrent sur Island, poursuit Craig.

– John, Justin et Orson seraient de mèche ?

– Nous avons désormais un avantage, intervient Rhys. Nous savons que John et Justin se sont rendus dans cette ferme, et que son propriétaire est le commissaire principal. Le lien est établi. Eux sont persuadés que nous ne soupçonnons pas Orson.

– À quoi pensez-vous ? questionne Emerick.

– À tendre un piège à ce commissaire. Tommy pourrait lui monter un bateau. Mais il faut faire vite, Ethel n'a plus que quelques heures à vivre.

– Allons-y ! approuve l'agent spécial du F.B.I.

Rhys s'assoit à côté de Kelley, devant l'écran.

L'agent Tommy frappe à la porte du bureau du commissaire. Une voix l'invite à entrer. Orson est assis dans son fauteuil de ministre, l'expression hautaine. Tommy n'y avait jamais prêté attention, mais ce personnage est puant d'orgueil.

– Oui, Tommy ? Vous avez du nouveau ?

Tommy prend un air désespéré, fait semblant d'hésiter.

– Quelque chose ne va pas, agent Tommy ?

– J'ai peur, chef. Il se passe des choses curieuses.

– Comment ça ?

– Justin, le jardinier de Nat, m'a avoué qu'il connaissait Jerry. En plus, il travaillait avec Lise. Je me méfie de lui, et de Nat. À eux deux, ils étaient en contact avec les trois victimes.

Le commissaire lui adresse un regard interloqué.

– Continuez, balbutie Orson.

– J'ai suivi Justin. Il s'est rendu dans une vieille ferme abandonnée, à une demi-heure d'ici. Je l'ai vu s'engueuler avec un inconnu. C'est pas normal.

– C'est-à-dire ?

Orson remue sur son siège.

– Je ne suis plus sûr de rien. Ces hommes me semblent bien trop organisés. Et il y a eu trois meurtres ! Vous avez entendu parler de Bonnie Thomson et des deux autres ?

– Les assassinats de Boston ? Quel rapport ?

– Je ne sais pas… mais que tout se produise en même temps a de quoi étonner.

– Vous avez beaucoup trop d'imagination, Tommy ! Je ne vois vraiment pas où est le lien.

– Vous avez sans doute raison. Mais il faut prévenir la police. La vraie. Celle de Boston.

– Vous n'allez pas un peu loin, là ?

– J'aurais bien appelé mon ex, mais il se moque royalement de mes états d'âme depuis qu'il est remarié.

— *Il ?*

— *Oui… en vrai je suis une femme. Je ne vous déçois pas, j'espère ?*

— *Pas du tout ! Je suis seulement navré que tout cela vous perturbe à ce point.*

— *Je suis à bout et j'ai peur.*

— *Vous n'avez pas à vous tourmenter, je m'occupe de tout.*

— *On pourrait peut-être se voir, si vous voulez ?*

— *Un rendez-vous à Boston ? Pourquoi pas… Ce soir, vingt heures trente ? À Copley Square ?*

— *D'accord…*

— *Il y a un banc le long de Dartmouth Street. Retrouvons-nous là. Mettez une casquette des Red Sox, ça me permettra de vous repérer.*

— *C'est noté, s'empresse Tommy. Merci, commissaire…*

— *Je vous en prie, c'est la moindre des choses.*

— *Mon nom est Kate, conclut Tommy sur le pas de la porte.*

— *Je m'en souviendrai.*

Tommy quitte le bureau d'Orson.

Marini compose le numéro du lieutenant Rhys. Son supérieur décroche, il y a un raffut du diable autour de lui.

— Orson est tombé dans le panneau ! explique Daniel. Rendez-vous à vingt heures trente à Copley Square.

— Copley Square ? s'étonne Marini. Il y a un concert à vingt et une heures ! Ça va être bourré de monde.

– Merde ! Il a prévu le coup. Où tu en es de ton côté ?

– J'ai le nom du type. Kurt Johnson.

– Johnson comme John ?

– C'est ça. Et il habite Naples Street, à une rue de la maison familiale des Kennedy.

– Émouvant ! Si je ne m'abuse, on est dans le cercle des vingt-trois minutes à partir de Battery Street ?

– Exact. Et vous ne devinerez jamais, Johnson possède un pick-up et une Mercedes.

Rhys émet un sifflement.

– Pour info, les pneus de marque Bridgestone sont choisis comme équipement d'origine sur les nouveaux modèles Mercedes-Benz.

– Tu me fais saliver, petit.

– Il est le rejeton d'une famille pleine aux as. Il dispose d'une résidence secondaire tout près de Concord.

– Le torchon brûle ! Quel est son profil ?

– Quarante-deux ans, marié, deux enfants. Il correspond au portrait-robot de John Lloyd et de son avatar. Le propriétaire du magasin de jouets l'a formellement reconnu. Il a acheté la peluche hier.

Rhys consulte sa montre, le cœur battant. Dix-neuf heures quinze. Ils n'ont pas intérêt à se planter ; la vie d'une femme est en jeu. Il relève la tête et croise le regard désemparé de Nathan. Cet homme lui plaît, il pourrait être son fils.

36

Naples Street. Une rue tranquille de Brookline. Des maisons familiales et leurs jardins séparés par des haies. Marini s'y engouffre. Il commande une armada de flics. Il a conscience de sa responsabilité, lui, simple détective de quartier. Rhys a placé une partie de son unité sous ses ordres. Armés jusqu'aux dents, micro et oreillette branchés, gilet pare-balles sous la chemise, ils galopent dans la rue. Ils encerclent déjà le domicile de Kurt Johnson.

– Tous en poste, chuchote une voix à son oreille. Système d'alarme déconnecté. Possibilité d'infiltration par les fenêtres arrière.

– Prêt à m'engager par l'avant, répond Marini. Trente secondes.

Vince a le cœur qui bat à cent à l'heure. L'adrénaline. Il grimpe sur le perron, trois hommes cagoulés dans ses pas. Deux fenêtres et une porte. Le détective vise la serrure avec son silencieux. À peine un bruit de bouchon de champagne. Les hommes brisent les carreaux, se faufilent dans les pièces. À l'intérieur, c'est le noir complet. La maison semble déserte.

Unité des Homicides. Une femme flic se prépare à tenir le rôle de Kate. Un flingue caché le long du mollet droit, un autre dans le dos. Elle écoute les dernières recommandations de son équipe. Des collègues sont partis devant pour se mêler à la foule de Copley Square. Au programme, un groupe rock dès vingt et une heures. Le public afflue déjà. Il va falloir être prudent, éviter qu'Orson ou un policier ne blesse qui que ce soit.

— L'étage est sécurisé, détective Marini.

Vince inspecte les pièces une à une, toutes décorées avec goût. Des tapis luxueux, des objets de valeur, des tableaux de maître. C'est propre et ordonné. Les Johnson sont des amateurs de nouvelles technologies : écran plasma, chaîne hi-fi, appareils électroménagers aux formes design. Le genre d'endroit qu'on admire dans les magazines. Sans précaution, les policiers vident les penderies, renversent les tiroirs. En quelques secondes, la villa est saccagée. Un ouragan est passé. Mais il n'y a rien. Rien qui puisse indiquer que Kurt Johnson est le tueur. Aucun ordinateur en vue, sauf dans la chambre des gosses ! Pas l'ombre d'une preuve. Marini y croyait dur comme fer pourtant. Il sort sur le perron, effondré. Est-ce encore une fausse piste ? Il faudra bien que la chance tourne et change de camp.

Il s'empare de son téléphone et joint le lieutenant Rhys.

– Zéro pointé, lâche-t-il d'un ton amer.

– Tu es sûr ?

Il soupire. Ses épaules s'affaissent.

– On part. Si tu as du nouveau, appelle-moi.

Vince tente d'écarter la mauvaise humeur qui le gagne. Il doit garder l'esprit ouvert. À l'intérieur, des photos de famille : Kurt, sa femme Annette et leurs deux enfants. Les images du bonheur. Et pourtant, Johnson s'est bel et bien rendu chez Ethel avec la peluche. Étonnant. Le détective redresse les épaules et retourne dans la maison.

Le Web Café. Nathan est comme un lion en cage. Il aurait voulu que Rhys l'embarque avec lui jusqu'à Copley Square, se mêler aux flics, attendre Orson en scrutant la foule. Il aurait voulu sentir le poids d'une arme dans sa main, viser le sale porc, le menacer directement. Le tuer peut-être. Assouvir sa soif de vengeance.

– Nathan, ça va ? demande Kelley d'une voix douce.

Ils échangent un regard qui en dit long. Kelley est une chouette fille. Elle est restée, alors que cette affaire ne la concerne pas.

– Oh ! là ! là ! claironne Pearce devant son écran. Je viens de mettre le doigt sur un truc démentiel !

Craig se penche sur son épaule.

– On le sait, Orson était un client de Lise, poursuit Ian Pearce. Orson ! Un nom pareil, ça ne s'invente pas.

Bref, client pour quoi? La ferme? Pas du tout! Orson voulait ta bicoque, Nathan! Ça fait longtemps qu'il rêve de vivre dans ta crémerie, Cottage Lena. Tant et si bien qu'après que Lise a rejeté son offre, il lui a envoyé des lettres de menaces. Je viens de tomber sur sa prose. C'est pas des mots d'amour!

Copley Square. La soi-disant Kate est en position. La place est bordée par Trinity Church d'un côté, la Boston Public Library de l'autre. Déjà, un guitariste fait des tests avec la sono. La foule accompagne chaque note de cris enthousiastes. Ça promet. Rhys observe les visages. Il se concentre au maximum. Le tumulte devient bruit de fond. Il est aux aguets.

– Plus que huit minutes, annonce Emerick dans son micro.

Marini quitte le salon et se rend dans la cuisine. Il pose les yeux sur un meuble, puis un autre. Lentement. Il n'a plus rien à perdre. Même pas son temps. Subitement, un élément attire son attention. Il réclame des gants, les enfile. Il approche. Du courrier. Quelques enveloppes. Il les prend, les examine. Factures. Relevés de banque. Abonnement à un magazine. Et puis…

37

« Annette Gahan Johnson. 15, Naples Street. Boston. »
Les enveloppes tombent sur le carrelage. Marini reçoit
comme un coup de poing dans le ventre. Il manque d'air.
Autour de lui, des voix. On l'appelle, on s'inquiète.

– Suivez-moi, parvient-il à prononcer.

Il court vers la sortie, jette ses gants au passage.

– Que quatre hommes restent ici, les autres viennent
avec moi, annonce-t-il d'un ton ferme. On va au numéro
15.

Marini s'élance dans la rue et désigne la villa. Les
volets sont fermés. Le portail aussi. Un silence pesant
règne autour du pavillon, un silence de fin du monde.
Sur la boîte aux lettres, un nom : Christopher O. Gahan.

Le Web Café. Ian Pearce lit tout haut quelques morceaux choisis des lettres que le commissaire principal a
adressées à Lise. Il explique avec emphase les raisons de
son coup de cœur pour la propriété en vente. Puis le ton se

durcit. Il s'étonne lorsqu'il apprend que la maison va lui échapper. Il accuse Lise d'avoir jeté son dévolu sur un abruti, Nat. Il lui reproche de coucher avec. Il menace de salir sa réputation, de raconter à tous qu'elle n'est qu'une vieille garce lubrique. Il délire, prétend qu'il sera un jour le maire de la ville et qu'il la bannira pour toujours, l'expulsera du jeu. Qu'il aura sa peau. Et celle de Nat.

— Si seulement Lise l'avait dénoncé, murmure Kelley.

— Mais elle ne l'a pas fait, rétorque Craig. Mieux vaut éviter les « si seulement »…

— Je ne peux pas croire que ce soit le mobile, intervient Nathan. Une propriété virtuelle dans un monde qui n'existe pas. Je ne savais même pas que ce type voulait l'acheter. Ça n'a aucun sens ! Trois morts, et Ethel… pour une putain de baraque en 3 D !

Aucun ne répond. Ils lancent des coups d'œil anxieux à l'horloge. Vingt heures vingt-six.

15, Naples Street. Ils se précipitent d'une pièce à l'autre, l'arme pointée en avant. Christopher Gahan peut surgir à tout moment. Tandis que quelques hommes prennent position au rez-de-chaussée, d'autres s'élancent dans les escaliers, derrière Marini. Il atteint le premier étage. C'est froid et impersonnel. Une photo montre Gahan avec sa sœur, Annette Johnson. L'enflure ! Il les a entubés comme il faut, Nathan le premier. Marini indique les combles. C'est un escalier en colimaçon, un véritable piège. Mais déjà des membres de l'unité spéciale d'intervention ont grimpé le long de la façade, en s'aidant de cordes, et sont prêts à donner l'assaut. Le détective lève son pouce. C'est le signal. Un bruit de carreaux qu'on brise. Marini se rue en avant. À peine arrivé là-haut, il est arrêté net dans son élan. Il vient de poser le pied dans l'antre du diable, le grenier. Cinq écrans d'ordinateur. Au milieu des bureaux, des machines et des câbles, un vieux fauteuil en cuir noir à roulettes.

– Voyons ce qu'elles ont dans le ventre, grogne Marini.

Il allume la première bécane. John, l'avatar, apparaît en fond d'écran. Vince lâche un juron et roule sur sa gauche. Le visage d'Orson s'affiche sur le moniteur. Troisième ordinateur : Justin. Sur la machine suivante, quatre cases remplissent l'écran : les portraits de Jerry, L'Étudiant et Lise agonisants, et un point d'interrogation, ultime provocation. Dernier pc. Marini se mord les lèvres. Il appuie sur le bouton marche. C'est Ethel, en position fœtale, du ruban adhésif sur la bouche, les mains attachées dans le dos. Comme sur la photo placardée au mur de sa chambre.

Un étrange sentiment envahit le détective. Il saisit son téléphone portable. Vingt heures trente. Il tape un sms, ses doigts se bousculent sur les touches.

Vingt heures trente. Rhys scrute la foule. Il ne remarque rien de particulier. Soudain, son téléphone vibre sur sa hanche. Bon sang ! Ce n'est pas le moment. Il prend l'appareil, ouvre le message. Marini ! Son pouls s'accélère. Il relit les mots, stupéfaits : « John = Justin = Orson = Christopher Gahan. » Le salaud ne viendra pas.

— Elle bouge ! s'écrie Marini. C'est une caméra.

— Du direct ? demande un policier.

Soudain, une ombre traverse l'écran. Un homme, un couteau à la main.

— Merde ! lâche l'officier à ses côtés.

— Marini ! hurle une voix qui provient d'en bas. Venez voir !

Vince court au rez-de-chaussée. Sous les escaliers, un flic lui montre une porte. Il tourne la poignée. Elle est fermée à clef. Il empoigne son fusil d'assaut, un colt M-4, calibre 223. Il tire. Le bois explose. Derrière, c'est sombre et humide. Ils plongent dans les ténèbres. Les membres de la brigade d'intervention progressent à l'aide des lampes torches fixées sur leurs pistolets. Ils descendent une vingtaine de marches avant d'atteindre un long couloir.

— De la terre battue, indique Marini en raclant ses chaussures sur le sol.

Une rangée de cachots. L'ambiance est morbide. Le détective supplie le ciel de ne pas arriver trop tard. Derrière une porte, un gémissement les fait sursauter. D'un coup d'épaule, Marini l'enfonce sans réfléchir. Gahan ! Il est penché en avant, le bras relevé, prêt à frapper. Marini appuie le canon de son arme sur sa nuque.

– Christopher Gahan, je vous arrête pour les meurtres de Bonnie Thomson, d'Eliot Dunster et de Geoffrey Arnold, récite-t-il. Vous avez le droit de garder le silence…

Les flics menottent le criminel et l'entraînent au dehors. Ethel est allongée sur le sol. Groggy mais vivante. Marini arrache le ruban adhésif d'un mouvement sec, coupe la corde qui entaille les poignets de la jeune femme et la prend dans ses bras. Il réalise que c'est là que Gahan a enfermé ses proies avant de les tuer. Là que Bonnie a pleuré en songeant à ses enfants, qu'Eliot a appelé sa mère et que Geoffrey s'est tu pour toujours. Il a beau être flic, ça donne des envies de meurtre.

Il ramène Ethel à l'air libre. Des médecins se précipitent, l'allongent sur un brancard, l'emportent dans une ambulance. Le fourgon s'évanouit au coin de Naples Street.

Marini saisit son portable et compose le numéro de son pote Ian Pearce. Nathan doit savoir que son ex-femme est en vie, et que son ami est le tueur.

Rhys entre dans son bureau et invite Emerick à s'asseoir.

– J'boirais bien quelque chose ! Je vous laisse appeler le maire, Daniel ? Il doit être à deux doigts de l'apoplexie !

L'agent spécial du F.B.I. lui fait une fleur. À quelques

semaines de la retraite, Rhys mesure sa chance. Même si, en définitif, ce n'est pas ce qui compte le plus.

– Merci, Scott. Mais j'ai un premier coup de fil à passer, répond-il en remplissant deux verres de whisky.

Emerick s'enfile le breuvage cul sec.

– Sergent détective Maria Gomez ? Lieutenant Rhys, annonce-t-il d'un ton solennel.

– Daniel ? Que se passe-t-il ?

– Une promesse est une promesse, Maria. On l'a eu, le salaud qui a tué Eliot. Tu voulais être la première à lui cracher à la figure. On t'attend.

Un silence.

– Merci, mon Dieu…, entend-il murmurer.

Rhys raccroche. Le week-end prochain, il prie pour que ce soit plus calme. D'ailleurs, Boston peut bien brûler, il a prévu d'emmener ses petits-enfants à la pêche. Et rien ne le fera revenir sur sa décision. Il est temps qu'il leur parle du bien et du mal. Et de leur grand-mère.

38

Lundi

Marini regagne son immeuble, épuisé mais heureux. Christopher Gahan est passé aux aveux. Il n'a pas mis longtemps à craquer. Toutes les preuves étaient contre lui, il ne pouvait les nier.

Christopher O. Gahan, d'abord : le O pour Orson. John, surtout, son personnage principal : John comme Johnson, Kurt Johnson son beau-frère. À qui il a emprunté les deux voitures pour commettre ses crimes : le pick-up noir métallisé – une Chevrolet Silverado – dont il s'est servi pour transporter les corps de Bonnie Thomson et d'Eliot Dunster, et la Mercedes avec laquelle il a écrasé Bonnie. Les pneus Bridgestone Potenza G009 correspondent.

Son beau-frère, encore, dans la maison secondaire duquel il s'est rendu, près de Concord dans le New

Hampshire, afin de jouer avec Bonnie : la poursuivre avec la Mercedes et lui rouler dessus. Les aiguilles malades d'épinettes rouges, situées à proximité, l'attestent, comme les graviers en granit enfoncés dans les plaies de la victime.

Par ailleurs, Christopher Gahan possède une Ford Mustang, le service d'immatriculation de la ville l'a confirmé. C'est la voiture de John Lloyd. Gahan a choisi ce nom pour s'inscrire au club de tennis très sélect de Boston, là où pratiquait Bonnie Thomson.

John Lloyd qu'il a fait ressembler à John, son avatar, et plus particulièrement à Kurt Johnson. Pour cela, Gahan s'est teint les cheveux en blond, s'est maquillé, déguisé même en utilisant les vêtements de son beau-frère.

À son domicile, la police a découvert les Doc Martens, pointure 43, ainsi que la couverture en laine qu'il a utilisée pour recouvrir le cadavre de la jeune femme.

La terre battue, au sous-sol, est bien celle relevée sur les corps de Bonnie Thomson et de Geoffrey Arnold. Les échardes dans les doigts de Bonnie proviennent des portes des cellules : la pauvre a dû gratter tant qu'elle a pu. Inutilement.

Eliot Dunster, lui, a été noyé dans la baignoire de Gahan, comme en témoignent des traces d'A.D.N.

Reste le mobile. La jalousie et la haine, tout simplement. Gahan et Barnett étaient étudiants à Harvard, et le premier voulait posséder Ethel à la place de son ami. « Posséder », car en vérité Christopher Gahan est incapable d'amour. Aussi, il s'est mis en tête, depuis cette époque, de contrôler la vie de Nathan, d'épier le moindre de ses faits et gestes. À commencer par son ordinateur. Dès que Nathan s'est inscrit sur Island, il l'a copié et suivi dans le monde virtuel.

Quand Nat a voulu acheter Cottage Lena, le commissaire principal Orson – l'un des avatars de Gahan – a fait une proposition à l'agence immobilière, avec les conséquences que l'on sait...

Justin, lui, a été créé pour approcher Nat, entrer dans son intimité. Une preuve de plus de la folie de Gahan.

Quant au choix des victimes, plusieurs considérations. John jouait déjà au chat et à la souris avec Jerry, le personnage de Bonnie. Elle était une proie facile toute désignée. L'Étudiant ? Il était en première année de droit à Island, inscrit au cours de Nat. Le hasard. Ça aurait pu tomber sur un autre. Eliot Dunster n'a pas eu de chance. Lise ? Elle a vendu Cottage Lena à Nat, bien sûr.

Et la finalité de toute cette histoire ? Tuer Ethel, priver définitivement Nathan Barnett, Jr. de son ex-femme. Puisqu'elle se refusait à lui, Gahan avait décidé de l'éliminer.

Pour conclure, Emerick a fait rapatrier la sœur aînée de Gahan, Annette Johnson, depuis son lieu de vacances. La pauvre femme s'est écroulée en réalisant que son frère était un criminel, atteint de schizophrénie virtuelle. John, Justin, le commissaire principal Orson, et d'autres encore...

241

Quand on y pense, le terme avatar est un dérivé du sanscrit *avatara*, qui signifie la venue d'un dieu hindou sur terre. Ainsi, le dieu Vishnou est réputé pour ses nombreuses apparitions telles Krishna, Rama et probablement le Bouddha. Gahan se serait-il pris pour une divinité aux multiples incarnations ? Décidément, on n'arrête pas le progrès…

Vince enfonce la clef dans la serrure et pousse la porte de son appartement. Il a fait du bon boulot, il peut être fier. Le grand Rhys en personne l'a félicité. Il a gagné sa place à l'unité des Homicides.

Une feuille volante est scotchée sur le mur du couloir : « Vince, j'ai trop peur qu'on te tue. C'est au-dessus de mes forces. Je m'en vais. Bonne chance. » Marini a les larmes aux yeux. Quelle idiote ! Mais ça en valait la peine. Il va rappeler Daniel et accepter son invitation pour une partie de pêche. Marini n'a plus rien de prévu, il est seul. Il ira avec Rhys.

Vince regarde sa montre. Le compte à rebours décrété par John vient de s'achever. Ethel ne mourra pas.

39

Nathan a récupéré Lena à la sortie de l'école. Ils ont prévu de se rendre à l'hôpital voir Ethel, et de lui tenir compagnie pour la soirée. Elle va bien. Les médecins préfèrent seulement la garder en observation. Ils ont évoqué un choc post-traumatique possible. Elle devrait sortir demain.

Et pour lui ? Cette affaire va-t-elle lui éclater à la figure, lui revenir en boomerang ? Il a failli perdre Ethel, et des mains de Gahan. Comment affronter la réalité ? Une vraie saloperie…

Il serre sa fille contre lui. Il ne veut plus la lâcher, jamais. Ils marchent sur Newburry Street, le paradis du shopping. Nathan s'arrête devant la galerie Barbara Krakow. Il admire les toiles en vitrine puis se décide. Ils entrent. Il fait le tour des tableaux, contemple les détails, en discute avec Lena. Une femme d'âge mûr, les cheveux gris en chignon, un regard bleu transparent, s'approche d'eux.

— Je vois que vous appréciez les œuvres de Mlle Kane, dit-elle.

— C'est vrai ! rétorque Nathan avec enthousiasme.

— Kelley Kane s'est envolée pour Paris où elle inaugure une exposition.

— Que c'est beau ! coupe Lena.

Nathan est ému. Il désigne une toile.

— Je la prends.

La femme acquiesce, l'œil pétillant. Lena le tire par la manche.

— Tu la connais ? chuchote-t-elle dans le creux de son oreille.

— La dame qui peint, oui, répond-il. C'est une amie.

Sa fille est impressionnée.

— Ça doit coûter cher !

— C'est le cas. Kelley Kane a beaucoup de succès dans le monde entier.

La dame finit d'envelopper le tableau dans du papier kraft. Nathan sort son portefeuille.

— Vous êtes Nathan Barnett, Jr., n'est-ce pas ? demande-t-elle, un sourire aux lèvres.

— Euh… oui ! bredouille-t-il, surpris.

— Mlle Kane m'avait prévenu de votre visite. Elle a pensé que vous choisiriez une toile pour votre femme. Elle vous l'offre.

Nathan a les larmes aux yeux. Kelley est une sacrée nana, il l'adore.

– Vous lui direz que… Non ! Elle sait déjà tout ce que j'ai à lui dire.

Nathan saisit le paquet d'une main, de l'autre sa fille et quitte la galerie.

– La dame qui peint, elle savait qu'on allait venir ? questionne Lena.

– Non. Elle l'a deviné.

Épilogue

– Steve ! On passe à table.

Il sursaute.

– Descends immédiatement ! J'en ai assez de le répéter !

Elle le gonfle. Il veut qu'on lui foute la paix. Il entend des pas dans le couloir.

– Ça va refroidir, Steve, sermonne son père à travers la porte.

Pathétique.

– J'ai pas fini, crache-t-il.

Pas question qu'il voie leurs gueules d'enfoirés, ça lui coupe l'appétit.

– Qu'est-ce que tu fabriques ? tente Douglas.

– C'est pas vos affaires.

Le vieux bat en retraite, la partie est trop simple. Steve reporte son attention sur l'écran d'ordinateur. Le mot FIN s'étale en gras. Déprimant. Mais quel trip ! Les critiques disaient vrai : ce jeu de rôles en ligne est génial. Choisir ses proies, les guetter dans l'ombre, les kidnapper, les torturer... les crever. Bien sûr, son personnage s'est laissé coffrer. Mais qu'est-ce que ça l'a fait bander de s'retrouver dans la peau de Christopher Gahan !

Le message d'accueil réapparaît à l'écran.

Bienvenue à Murderland !
Créez un avatar et choisissez votre camp,
le bien ou le mal...

Murderland, le top de la technologie virtuelle.

Mais il veut plus. Entendre les râles. Sentir l'odeur du sang.

Il se lève, appuie son front contre la fenêtre. Le ciel est bleu, pas un nuage. Autour des pavillons, les pelouses ressemblent à un terrain de golf. À gerber.

Une porte s'ouvre. Les voisins. Les deux gosses se précipitent vers la bagnole.

– Attendez-moi ! s'écrie une voix de femme.

C'est elle. Des cheveux bruns et soyeux. Un visage d'ange. Une robe légère. Il devine la rondeur de ses seins, son ventre plat, la chaleur de ses cuisses.

– Alan, tu viens ?

Elle se fige. Se retourne. Lève la tête. Elle a senti sa présence. Leurs regards se croisent. Celui de Steve, pénétrant comme une lame de couteau. Il perçoit un tremblement dans le coin de ses lèvres. Ça fait des jours qu'elle sait qu'il l'observe. Elle esquive, préfère la fuite à l'affrontement.

Bientôt, cette garce le suppliera. Bonnie Thomson sera à lui.

DU MÊME AUTEUR

LA 7ᵉ FEMME, roman, Fayard, prix du Quai des Orfèvres 2007.

Composition IGS-CP
Impression : Imprimerie Floch, septembre 2008
Éditions Albin Michel
22, rue Huyghens, 75014 Paris
www.albin-michel.fr

ISBN : 978-2-226-18644-7
N° d'édition : 25526 – N° d'impression : 71776
Dépôt légal : octobre 2008
Imprimé en France.